AF137896

Au premier abord , cette caravane n'a rien de particulier. Des placards en contreplaqués, des poignées chromées, un coin banquette avec une table basse, aux fenêtres des rideaux des années cinquante. Il y a bien longtemps qu'elle n'a pas pris la route. Elle est posée partout et nulle part. Sauveur est le personnage principal avec qui on partage son voyage fantastique pour en découvrir le secret qui réside dans cette caravane.

LA CARAVANE MAGIQUE

Sébastien Belluso

Perdu dans l'inconnu

Quand j'ai ouvert les yeux ce matin-là, très vite je fus pris de panique. Je ne connaissais pas ce lieux et m'interrogeais :

« Mais où suis-je ?

J'étais allongé sur une banquette avec un matelas ni moelleux, ni dur. Je me suis assis et j'ai frotté mes yeux. J'ai atténué le voile et ma vue s'est éclaircie. Devant moi une table basse et de nombreux placards de contreplaqués stratifiés, avec des poignées chromées. Aux fenêtres des rideaux des années cinquante. Sur les étagères, il n'y avait aucun bibelot. À cet instant j'ai réalisé que j'étais dans une caravane. Me répétais-je

« Que fais-tu ici ?

Avant d'agir et de partir dans tous les sens, j'essayais de me souvenir de la veille. Dans ma tête c'était le néant total. Devant la porte d'entrée une paire de baskets, sur la banquette une casquette, naturellement j'eus le réflexe de toucher mon crâne et de regarder mes pieds. Il m'a soudain semblé que cela était probablement à moi. J'étais vêtu d'un pantalon avec des poches à la hauteur des cuisses et d'un pull-over à col roulé. J'ai mis les mains dans les poches instinctivement comme si je cherchais un indice mais elles étaient vides. Je me suis pincé pour savoir si ce n'était pas un mauvais rêve et je conclus par le mal que je m'infligeais que tout cela semblait bien réel. Après une grande inspiration, j'ai pris conscience que la seule chose dont je me souvenais c'était mon identité. Toujours en position assise devant la table basse, rien ne revint. J'avais encore au fond de moi un sentiment d'affolement. L'incompréhension agitait le battement de mon cœur. Il était temps pour moi d'agir et de résoudre le mystère dans lequel j'étais piégé. J'ai commencé par ouvrir les placards, il y avait quelques vivres, des boîtes de conserves. Au premier aspect, elles n'étaient pas très anciennes. Il y avait une date de péremption inscrite. Elle semblait d'actualité. Je ne savais même pas quel jour nous étions. Sur un meuble bas , deux feux à gaz , j'ai ouvert la porte du bas, il y avait même la bouteille. J'ai tourné le robinet et j'ai senti très rapidement qu'elle n'était pas vide. Dans les autres compartiments, quelques assiettes, verres, couverts, étaient présents. À côté de la plaque à gaz , une petite vasque dont j'ai vite compris le fonctionnement. Dessous l'évier, j'ai constaté la présence de deux bidons, il suffisait d'actionner une pompe à pied pour voir monter l'eau propre du premier bidon et la voir couler dans le second. Une agitation cérébrale s'est emparée de moi, un confort rudimentaire était bien présent. Cette caravane était bien habitée mais par qui si ce n'était pas moi. J'avais beau fouiller dans mes souvenirs, rien ne m'indiquait vivre ou avoir vécu dans une caravane. J'ai continué à chercher le moindre recoin dans l'espoir de trouver une lettre , une photo qui me permettait de me mettre sur une voie. Je n'ai rien trouvé de tout cela. Juste une boîte d'allumettes, un bout de résine de cannabis, des feuilles et du tabac. La panoplie complète pour pouvoir en fumer un.

« Ne fais pas ça, ce n'est vraiment pas le moment » me dis-je.

Je me suis de nouveau assis sur la banquette, me suis accoudé et j'ai pris ma tête entre mes mains. Je connaissais mon nom, mon prénom, mon âge. Tous les objets autour de moi ne m'étaient pas étrangers. Leurs utilités m'étaient évidentes. Un instant d'angoisse profonde fit surface quand me vint en

flash, le souvenir de ma femme et de mon enfant.
Une pensée s'est mise à résonner
« Mais qu'est ce que tu fais ici ? ».
J'ai entamé un long monologue.
« Tu te souviens des tiens ?
_ Oui je me souviens
_ De quoi te rappelles-tu?
_ De tout, sauf comment j'ai atterri là.
_ Alors barres-toi d'ici ! J'ai enfilé les baskets qui
étaient sûrement les miennes, j'ai pris la casquette.
J'ai tourné la poignée de la porte. Elle était
verrouillée.
« Mais c'est quoi ce délire » me répétais-je.
J'ai été envahi par la peur et l'appréhension.
« Suis-je moi, tout me semble si réel ».
J'ai tiré le vieux rideau, à travers le hublot, j'ai vu une
multitude d'arbres. J'ai ouvert les deux autres
rideaux. La caravane était au centre d'une forêt
dense, sans le moindre accès pour y accéder et
aucune civilisation aux alentours.
«Je délire ce n'est pas possible autrement». Les
pensées traversaient mon esprit.
« ferme les yeux, respire, reprends-toi ».
J'avais beau agir de la sorte rien ne changeait.
Quelqu'un m'avait-il endormi et emporté ici ? Si c'est
le cas pourquoi moi ?
« Je ne suis pas un rat de laboratoire. Suis-je tombé
dans les mains d'un complot ?"

J'ai collé ma tête contre le plexiglas de la fenêtre pour voir à l'extérieur de la porte d'entrée. J'ai constaté la présence de la clé sur la serrure.

«Je ne suis pas arrivé ici tout seul».

Une pensée qui me semblait logique de sens.

Au même moment me vint le souvenir d'un proverbe « Tout vient à point à qui sait attendre ».

J'ai ouvert le placard, entre deux boites de conserves, quelques sachets de thé traînaient. J'ai craqué une allumette et j'ai fait chauffer de l'eau. La tasse chaude entre la paume de mes mains, je me suis dit.

« Prends ton mal en patience, quelqu'un va forcément revenir un moment donné ».

J'ai ouvert la seule petite fenêtre qui pouvait l'être. J'avais siroté la totalité de mon thé, un air frais en provenance du hublot entrouvert renouvelait l'air ambiant. Le silence était couvert par les bruits naturels de la forêt environnante. Le sentiment était paradoxal. Il était angoissant et reposant. Autour de moi , il n'y avait ni horloge , ni calendrier . Je n'avais aucune notion de temps à par le jour et la nuit. Tous les éléments me permettaient d'être en paix et pourtant je n'arrivais pas à l'être. Au fond de moi j'ai toujours eu ce désir de retrait , loin de la civilisation pour me retrouver. J'ai déjà voulu vivre comme une ermite pour me lier à l'essentiel. L'incompréhension de cette situation ne faisait que déstabiliser mon bien-être. Je ne sais pas combien de temps je suis resté dans l'attente mais j'atteignais la limite de ma patience. J'ai été saisi par une montée d'adrénaline, il fallait que je sorte de là. J'ai tapé avec mes mains nues, à plusieurs reprises, le plexiglas des fenêtres. J'ai pris à coup de pieds la porte d'entrée. Toutes mes tentatives d'évasions avaient échoué. Mon rythme cardiaque ne cessait pas son ascension. Je me suis assis , la larme à l'œil témoignait ma frustration. Je mis fin à mon hésitation, en commençant à caresser le bout de résine avec la flamme d'une allumette. Je me rassurais en me disant.

« Il ne te fera pas de mal »

Dès les premières bouffées, un effet d'ivresse a ligoté mon esprit. J'étais figé sur la banquette. Des pensées furtives s'entremêlaient dans ma tête. Le joint avait eu raison de moi et sans tarder la crise d'angoisse est devenue inévitable. Je me suis blotti sur le coussin en position de fœtus. Les yeux fermés, je me suis battu contre moi-même pour reprendre un esprit lucide. Je savais que dans la situation dans laquelle je me trouvais, fumer serait une grosse bêtise mais je l'avais pourtant fait. J'étais tellement fatigué de controverser avec mon esprit que la petite mort du sommeil ne se fit pas attendre. M'endormir profondément était le seul avantage que j'eus en fumant. Quand je me suis réveillé, j'étais dans le noir absolu. Aucune lueur n'était détectable. J'avais l'espoir que tout ça s'arrête à mon réveil, malgré l'obscurité profonde je savais que rien n'avait changé. j'étais toujours dans cette caravane. J'ai tâtonné autour de moi, attrapé la boîte d'allumettes et allumé le gaz pour éclairer et réchauffer l'intérieur de la caravane. Mon constat fut sans appel, rien n'avait changé. Je n'avais aucune idée de l'heure qu'il pouvait être mais j'avais le ventre qui gargouillait. Hormis un thé, je n'avais rien avalé. Je n'ai pas trouvé d'ouvre boîte, je pris un couteau, je l'ai planté dans le couvercle et j'ouvris avec difficulté une boîte d'haricots. La faim était tellement importante que cette assiette fut un grand plaisir. J'avais mis en pause ma réflexion et j'étais rentré naturellement en mode survie. Le jour se levait, j'ai pris soin de ranger l'intérieur de la caravane pour garder une stabilité et pour éviter le désordre psychique. Comme n'importe quel mammifère, j'ai été pris fréquemment par l'envie de faire mes besoins. La caravane n'avait pas de wc. Instantanément j'ai été traversé par une pensée.

« Il faut vraiment que je sorte de là maintenant ». Les premiers rayons de soleil se diffusaient à travers la végétation. J'ai penché ma tête contre la vitre pour savoir si je pouvais trouver une idée pour récupérer la clé. Ce fut la surprise, la clé avait disparu. J'ai eu un moment d'arrêt et me questionnais-je.

«Quelqu'un joue avec moi ?»

J'ai mis la main sur la poignée de la porte. Elle était déverrouillée, ça faisait des heures que je voulais sortir de là mais sur l'instant présent, j'ai eu un long moment d'hésitation. J'ai à peine entrouvert de quelques centimètres et j'essayais de regarder par la fente. La palpitation frappait ma poitrine. Une goutte de sueur longeait mon arcade. D'un coup franc et soudain comme un effet de surprise j'ai claqué la porte sur l'extérieur. J'ai hurlé comme le rugissement d'un tigre. Une colonie d'oiseaux a pris son envol. J'ai avalé ma salive, j'ai observé autour de moi, et j'ai constaté avec stupeur la domination du calme et du silence. La forêt était verdoyante, je fis rapidement le rapport avec la saison. C'était le printemps sans aucun doute. Je fis un demi-tour sur moi même, à mes pieds il y avait la clé. Je la ramassais et la mis dans ma poche. Je reculais de quelques pas et sentais une légère brise. J'observais la caravane de son extérieur. La petite porte d'un blanc salle était grande ouverte. Une fenêtre sur la face gauche. Le toit légèrement arrondi était recouvert de feuilles de l'automne dernier. Les roues étaient ancrées avec les pneus complètement craquelés. À cet instant je me suis senti seul. Où étaient les miens ? Pourquoi suis-je seul ici ? Mon instinct animal me rattrapait, il fallait que j'urine pour libérer ma conscience. La solitude me poussait toujours vers le monologue pour me permettre d'agir.

« Tu attends quoi il faut partir ».

Je suis entré furtivement dans la caravane, pris les allumettes, un couteau, Je suis ressorti laissant la porte ouverte. Autour de moi une forêt intense se dressait. J'ai décidé de repérer le sud et de le suivre. J'ai taillé un bout de bois pour frapper la végétation et m'ouvrir une voie. J'avais qu'une chose en tête, je voulais retrouver la civilisation. J'ai avancé avec difficulté à travers la forêt . J'étais en manque total de repère. Je ne voyais plus la caravane et aucun signe de civilisation n'était visible. De toute manière, je ne pouvais plus faire marche arrière. Je devais comprendre ce mystère. Au centre de la forêt vierge, je me suis assis sur une souche. J'étais fatigué et essoufflé. Je me sentais démuni, seul et perdu.

« Tu comptes rester là et déprimer, gardes espoir ».

J'étais toujours en train de me parler. Je me suis levé et j'ai continué mon ascension vers l'inconnu, dans l'espoir de retrouver les miens.

« Ils doivent me chercher » me dis-je.

Cette dernière pensée m'a donné la force d'avancer. Aucune trace autour de moi ne m'indiquait comment j'avais pu finir dans ce contexte. Je ne savais pas depuis combien de temps je marchais. J'étais griffé un peu partout, même au visage. À travers les cimes des arbres je pouvais voir le passage des avions longs courriers. C'était représentatif de la vie dont j'avais le souvenir. Une civilisation urbaine active dans un mouvement perpétuel. Un monde moderne où les gens vivent les uns sur les autres. Où la production n'avait aucune mesure. J'étais seul, je n'imaginais même pas qu'une forêt vierge de la sorte pouvait encore exister. Malgré mes efforts, sans le moindre signe, mon espoir de sortir de là s'affaiblissait de minutes en minutes. Le coup de grâce me fut donné. Entre les feuillages, j'aperçus la caravane. Sur l'instant, à cause de mon épuisement physique et mental, je crus à une hallucination. La caravane n'était pas un mirage. Elle n'avait pas bougé, la porte était grande ouverte. J'avais peut-être passé la mi-journée. Je croyais tenir un cap. Je n'avais fait que tracer un cercle. Je commençais à croire que cette caravane m'était destinée sans savoir pourquoi et me suis avancé devant celle-ci. Dans mon passé j'avais souvent ce désir de solitude mais mon envie devenait amer. L'esprit dépité, j'y suis rentré. j'ai refermé la porte à clé. Cette caravane était à ce jour mon seul point de repère et mon seul abri. Il se mit à pleuvoir abondamment. La caravane était vétuste mais je constatais son étanchéité. J'ai repris ma place sur la banquette, je me suis fait un thé. J'ai ôté mes baskets et j'ai dialogué avec moi-même dans ma tête.

« Comment te sens-tu ?

_ Physiquement je me sens bien.

_ Et mentalement ?

_ Je suis bouleversé.

_ Tu te sens ignorant ?

_ Complètement.

_ De la vie, tu l'as toujours été, même avant.

_ J'ai peut-être été drogué, kidnappé

_ Tu es peut-être schizophrène aussi, tu délires.

_ Je suis bien conscients

_ Alors relativise, tu es vivant, tu as de quoi manger, boire et dormir pour quelques jours."

Ce questionnement ne m'avait pas apporté une réponse à ma situation mais il m'avait offert une acceptation à celle-ci. Je me suis servi du couteau et j'ai gravé sur le table

« Accepter l'horreur, soulage le cœur ».

J'étais à mille lieux de vivre l'horreur, mais j'avais compris qu'accepter c'est comme apaiser.

Errance dans l'Énigme Urbaine

J'arrêtais de me préoccuper de savoir comment
j'étais arrivé ici. Je tournais la page et cette situation
se transformait en pèlerinage. Je partis en quête de
mon être. Loin de mes semblables avec un minimum
vital, je remettais à jour mon instinct primitif.
Ma première préoccupation fut ma réserve d'eau et
de nourriture. Très vite, je réalisais que mon
minimum de bien être allait s'amoindrir très
rapidement. Le temps de ma survie risquait de ne
pas durer. Je commençais par devenir le comptable
de mes ressources.
" je vais tout juste tenir trois jours avec ça". Me dis-je
Mon acceptation avait été un leurre. J'étais en
manque des miens, je voulais les retrouver.
Instantanément mon mental s'est écroulé comme un
jeu de cartes. Je me raccrochais à ce dont je me
souvenais , j'en oubliais ce que je vivais et j'étais
effrayé de ce qui m'attendait.
À genoux dans la caravane je priais alors que je ne
croyais en rien. Je ne sais pas à qui et pourquoi je
demandais pardon. Je voulais que tout ça s'arrête et
que l'on me rende ma vie.

"Que me reste-il, évade toi et fume" Une pensée qui me fit passer à l'action. j'enfumais mes neurones pour fuir ma réflexion. Je n'avais pas fait semblant de m'abandonner. Heureusement dans la caravane, il n'y avait pas d'alcool. J'aurai pu m'anéantir. J'ai sombré dans ma deuxième nuit dans la caravane. Je ne sais pas si la nuit a été calme, froide ou agitée mais le réveil fut abasourdissant. C'était comme la fin d'un chapitre et l'ouverture d'un autre sans la moindre interaction.

J'ouvris à peine les yeux. Mes oreilles captèrent un bruit de souffle. Le bruit devenait assourdissant, mon habitat se mit à trembler. C'était comme un tremblement de terre d'une dizaine de secondes. Je constatais que j'étais bien dans la caravane mais il s'était passé quelque chose à l'intérieur. Sur la table basse, une machine à écrire avec des touches noires arrondies et des lettres gravés en jaunes. Je suis resté sans voix. J'ai redressé la tête, sur la cloison un miroir d'une vingtaine de centimètres de côté était accroché. Par réflexe je me suis levé. J'ai présenté mon visage devant et au même moment le bruit revint. J'ai ouvert mes bras, j'ai écarté les jambes comme si je me mettais en équilibre pour le tremblement qui allait suivre.

"Mais que se passe-t-il?".

Malgré un sentiment de chaos, je devais me regarder. Je me suis reconnu même si les traits avaient durci. La barbe avait poussé et blanchi. Mon visage était griffé et sali. Je m'observais et je me demandais.

"D'où sort ce miroir?.

_ C'est quoi cette machine à écrire?.

_ Personne n'a pu rentrer dans la caravane, hier soir je suis sûr j'ai fermé à clé".

La clé était bien sur la porte côté intérieur.

À l'extérieur plus rien était silencieux, je me suis positionné devant la fenêtre à quelques mètres devant, un édifice de béton armé. Au troisième souffle bruyant , un réflexe de prudence m'a fait attraper la poignée de la porte pour m'extraire de la caravane.

J'ai trébuché et j'ai fini à plat le dos à terre. La caravane était adossée à un des piliers d'un pont . Au-dessus de moi un plafond de béton soutenait un chemin de fer. J'ai vraiment cru un instant que l'herbe était démentielle. Pourtant le décor était bien réel. La caravane était sur deux agglos dans l'enceinte d'une ville que je ne connaissais pas. Il n'était pas pensable pour moi , de croire que l'un de mes semblables était capable de déplacer la caravane de cette manière là, avec moi à l'intérieur en train de dormir.

J'ai commencé à croire que j'étais sous l'emprise d'une force venant de l'au-delà.

Je me suis posé la question:

"Te mets-tu vraiment à croire au extra terrestre maintenant?"

Je me suis adossé contre la cloison extérieure de la caravane. Il m'était impossible d'avoir l'esprit éclairé. Je vivais une tempête d'émotions. Dans la pénombre du pont j'attendais des voix. La tonalité s'élevait, la silhouette de deux hommes apparaissait. Je fus pris dans un mouvement de panique et je les ai interpellés avec affolement.

"Messieurs, messieurs excusez moi, nous sommes dans quelle ville ici".

Ils se sont mis à rire et ils me répondirent.

" Mais que veux-tu? tu pues, dégage clochard !!".

Sans la moindre compassion ils continuèrent leur route. J'avais le sentiment d'être un chien apeuré et abandonné. Je réalisais qu'ils parlaient la même langue que moi. Malgré leur ingratitude, je fus un instant rassuré. Il était évident que ma tenue vestimentaire, mon visage salle et mes ongles noirs n'étaient pas compatibles avec le regard des gens civilisés. Il fallait que je fasse quelque chose à mon apparence pour obtenir un minimum de crédibilité. Je voulais tout simplement prendre une douche, me changer, me raser mais je fus rattrapé par la réalité de la ville. Debout devant la caravane, ma raison faisait surface et je me mis à penser:

"Sans argent, sans papier , tu comptes faire comment?

Tu vas expliquer qu' hier tu étais dans ta caravane au milieu de la jungle.

Personne ne va croire à ton histoire et tu seras considéré comme un fou".

J'ai fermé la caravane à clé et je suis parti errer. Je longeais le mur , il était long comme un tunnel. Un courant d'air permanent était chargé en carbone. Il soulevait les détritus de mes semblables. J'étais moi même un représentant de la crasse. Je ne valais rien mais peu d'humains étaient meilleurs. Je regardais des pauvres gens qui étaient domiciliés sous ce pont. Les cartons et les couvertures étaient leur seule protection contre les nuits froides et humides.

"Finalement tu ne sais pas ce qui t'arrives mais tu as un toit. Tu as cette chance". Me dis-je.

Au même moment, L'un deux me fis un signe de la main pour m'inciter à me rapprocher de lui.

Je me suis approché , une odeur nauséabonde caressait mes narines. Sa voix était âpre comme si elle était enrouée.

"Tu es nouveau ici?". Dit-il.

Sur le moment, j'eus un temps d'hésitation à répondre.

"Oui, mais je n'ai pas trop envie de parler de ça". Lui dis-je dans l'espoir de ne pas rentrer dans les détails.

Je voulais avant tout m'éloigner de cette odeur.

Il insistait gentiment.

"Tu as peut-être faim? J'ai une baguette de pain et un fromage, tu en veux?

La faim a eu raison de moi. Mon état d'esprit était confronté à l'image paradoxale que les humains pouvaient renvoyer. Certains vous traitent de bon à rien et d'autres vous tendent la main. Pendant notre échange , il parlait beaucoup de ses déboires. Son pessimisme reflétait une grande réalité du monde civilisé. Il me racontait avec beaucoup de tristesse que sa vie avait dégringolé le jour où il a perdu sa femme dans un accident de voiture. Il comparaît cette perte à une déferlante d'émotions. Il m'expliquait qu'il n'avait pas su reprendre le contrôle de sa peine. Dans mon intérieur profond je réalisais que ce pauvre homme s'abandonnait volontairement. Je lui dis:

"Tout n'est pas perdu encore"

Alors que je ne savais pas comment j'allais me retrouver . Je cherchais à me rassurer avant de soulager sa souffrance.

" Je parle beaucoup de moi mais toi que t'est-il arrivé pour être ici?" me dit-il.

Comme un réflexe, avec intégrité je le regardais et lui ai répondu:

"Je ne sais pas.

_ Si tu es dans cette ignorance c'est que tu refuses ta réalité".

Ses paroles étaient probablement justes mais je repris avec autant d'honnêteté.

"Je pense être atteint d'amnésie"

_ Connais-tu ton nom?

_ Oui.

_ quel est-il?

_ Sauveur Belluccello.

_ Tu vois pour toi aussi tout n'est pas perdu".

Malgré sa puanteur, il sentait la sagesse.

Sa compagnie était agréable. Le partage fut sympathique mais à aucun moment il m'apportait des réponses.

"Je vous remercie pour cet échange mais je dois retrouver la mémoire.

_ Si je peux te donner un conseil, ne te focalise pas sur ta mémoire, observe les détails. Elle reviendra seule.

_ Je l'espère".

Errant tel une âme apeurée, j'ai marché à travers les ruelles. Entre les travaux, les klaxons ,les coups d'accélérateur des motards et des automobilistes, un brouhaha résonnait sans intermittence. Certains passants me dévisageaient, d'autres riaient moqueusement. Aucun d'entre eux ne manifestait la moindre bienveillance. Je me questionnais :

"Est-ce à cause de mon apparence ?"

Je n'étais pas suffisamment conforme à leur vision de la normalité, à leurs banalités de citadins. Je me suis vite rendu compte que parmi eux, je ne trouverais ni réconfort ni aide pour ma situation. Je ne savais toujours pas dans quelle ville je me trouvais. Je ne savais même pas si elle avait un lien avec mon existence passée. À cet instant, je me suis dit :

"Retrouve la caravane".

Malheureusement, j'avais tellement marché que j'avais oublié de me repérer. Le regard d'autrui m'avait tellement effrayé que je n'avais pas osé demander quoi que ce soit à qui que ce soit. Le temps défilait et j'avais décidé de suivre les rails du tram pour retrouver le fameux pont où était garée la caravane. La lueur du jour est arrivée entre chien et loup. C'était le cinquième pont et par chance, j'ai vu la caravane dans la pénombre. Malgré la fatigue, j'ai accéléré le pas. La porte était encore fermée, je suis rentré et ma surprise fut grande. Rien n'avait bougé

en dépit du mouvement de tous ces genres de gens .
Je commençais à croire que j'étais seul à la voir . J'ai
refermé la porte et me suis assis sur la banquette.

À la Croisée des Mondes

J'étais adossé sur la banquette, le décor intérieur n'avait pas changé. J'ai rapidement fait un inventaire. Je pris enfin conscience que certaines choses avaient été modifiées du jour au lendemain. Cette machine à écrire qui avait surgi. Ce miroir qui n'existait pas la veille. Ce qui attira mon attention fut le silence qui régnait alors que je me trouvais sous un pont en plein centre-ville. Je me suis penché au fenestron et ce fut le noir absolu. Il n'y avait pas la moindre pollution lumineuse alors que j'étais censé me trouver sous un amas d'éclairage public. Je n'ai pas osé ouvrir la porte. Bien au contraire, j'ai tiré les rideaux et allumé quelques bougies. J'étais sans le vouloir dans mon isolant du monde extérieur. J'ai pris une grande inspiration et j'ai continué dans ma réflexion intérieure.

"Il est temps que j'éclaircisse ces phénomènes surnaturels qui m'entourent. Pourquoi hier je me suis retrouvé dans cette caravane au milieu d'une forêt dense et me suis réveillé en plein centre-ville aujourd'hui ? Un de mes semblables n'aurait pas pu mettre tout cela en place. Comment aurait-il pu changer de décor ou déplacer la caravane dans un

autre environnement, sans que moi à l'intérieur je ne m'aperçoive de rien ? Pourquoi soudainement cette machine à écrire et ce miroir ? Je n'ai ni vu ni senti la présence de quelqu'un à l'intérieur qui aurait pu les placer là. Physiquement, quand je me touche, je me sens vivant, mes émotions, mes sens fonctionnent, ce n'est pas un rêve, tout cela est bien trop réel. La preuve, j'ai froid, je devrais me faire un thé chaud."
J'ai déposé la petite casserole d'eau sur le gaz et pendant que l'eau montait en température, je me suis de nouveau regardé dans le miroir. Malgré le faible éclairage, en voyant mes traits de visage, je ressentais la nécessité de faire quelque chose pour mon apparence physique. Je ne pouvais pas rester comme ça pour mon bien-être, mais je n'avais ni rechange ni douche pour cela. Mon dernier souvenir de cette soirée-là, c'est de me voir assis sur la banquette, tenant la tasse de thé bouillant entre mes deux paumes, le regard perdu vers cette machine à écrire. L'agitation et la fatigue avaient eu raison de moi et j'ai fini par rejoindre Morphée.
Ce matin-là, sans la moindre notion du temps, j'ai ouvert difficilement mes yeux et j'ai senti mon corps

dégouliner de transpiration. L'intérieur de la caravane était comme un four géant où j'étais le poulet en train de cuire. L'air ambiant était si chaud qu'il était à peine respirable. Je me suis levé rapidement, j'ai tiré le rideau, la luminosité était intense au point que je n'arrivais pas à garder les yeux ouverts. J'étais obligé de plisser mes paupières à l'extrême. Il faisait vraiment trop chaud, je devais prendre l'air. J'ai ouvert la porte et là, j'ai eu un instant de stupeur totale. Je me suis retrouvé face à un ciel bleu très clair et une immensité de sable au sol, rien d'autre. La caravane était au milieu du désert. J'avais tellement chaud que naturellement j'ai enlevé mes habits sales et je me suis retrouvé en sous-vêtements.

Je suis sorti, j'ai laissé la porte ouverte, j'ai avancé de quelques mètres et me suis retourné. La caravane était posée sur le sol, enterrée dans le sable jusqu'à la première marche. J'ai fait un tour complet sur moi-même, il n'y avait rien d'autre. Tellement le soleil brûlait, je suis retourné à l'intérieur, j'ai ouvert toutes les fenêtres pour faire circuler l'air et au même moment, je me suis exclamé à voix haute :

"C'est quoi ce putain de délire ?"

Malgré le calme qui régnait, mon incompréhension faisait naître en moi une colère.

J'ai ouvert la porte avec énergie et en caleçon je suis retourné à l'extérieur et j'ai hurlé :

"Il y a quelqu'un !"

Et j'ai compris que j'étais bien seul, il n'y avait même pas le moindre écho à mes hurlements, je comprenais ce que voulait dire le néant. J'ai fait le tour de la caravane et à l'arrière de celle-ci, j'ai encore été surpris. Il y avait une citerne et toute une installation de douche solaire. J'avais beau être ébahi par ce que j'étais en train de vivre, cette installation d'eau douce m'avait redonné le sourire.

L'aménagement de cette douche était sommaire mais parfait. Une planchette au sol permettait de ne pas avoir les pieds dans le sable. Une petite étagère était adossée au mur de la caravane sur laquelle se trouvaient un gant de toilette et un savon. La situation m'était inconnue, mais un sentiment de petits bonheurs avait directement atteint mon esprit. Sans la moindre hésitation, je me suis mis totalement nu et j'ai commencé à me décrasser. C'était tellement agréable que j'en oubliais le contexte dans lequel je me trouvais. Sous ma douche en plein soleil, je chantonnais.

Pendant que je retrouvais la couleur naturelle de ma peau, j'eus un moment de lucidité :

"Ne gaspille pas toute l'eau, même si en ce moment tu as tendance à vivre des changements, il se peut que demain tu sois encore dans ce désert", me suis-je dit.

J'ai ramassé mon caleçon et je suis rentré dans la caravane pour me mettre à l'ombre avec la peau humide. Je savais qu'au fond de moi j'étais de nature pudique, mais j'étais conscient que le seul être vivant aux alentours était le mien.

Avant de me préoccuper véritablement de mon cas, j'ai entrepris des choses qui me semblaient normales. J'ai plongé mes habits dans une petite bassine avec un peu d'eau et de savon pour faire ma lessive. À peine avais-je eu le temps de les accrocher sur les cloisons extérieures qu'ils avaient déjà séché. Je me suis rhabillé et j'ai pris le temps de me regarder de nouveau dans le miroir, ressentant une gratitude m'envahir.

Par le biais de la solitude, je me parlais souvent à moi-même, et je me suis mis à faire le ménage à l'intérieur de la caravane tout en me disant :
"Ça va te permettre de mettre de l'ordre dans ton environnement et de voir où tu en es. Comme ça, tu pourras faire l'inventaire de ce que tu as pour vivre dans cette situation paranormale. Paranormale, dis-tu ? As-tu alors conscience de cette situation ? Dans ce placard, qu'avons-nous de beau ? Pourquoi dis-tu "nous", tu es seul ?"
Tout en me compliquant cérébralement, je continuais à fouiller et ranger. En réalisant ce bilan, je dissipais une partie du brouillard dans lequel mon esprit errait. Je me suis rendu compte que dans les placards, il y avait toujours des vivres, mais le stock avait été renouvelé. De nouvelles boîtes de conserves, de nouveaux sachets de thé, il y avait même une bouteille de vin et un décapsuleur. J'avais pris en considération que l'environnement extérieur pouvait changer et que l'habitat était toujours équipé du minimum nécessaire pour y vivre. J'étais toujours dans le questionnement du pourquoi. Ma manière d'appréhender les choses était en train de changer.

Je devais savoir comment tout cela pouvait arriver et me défaire du pourquoi je vivais ça.

"Il faut que je clarifie ça et la meilleure des manières pour cela, c'est d'écrire", me dis-je.

Au moment même où j'ai posé mes mains sur la machine à écrire juste à côté, j'ai vu ma gravure du premier jour sur la table.

"Tu vois, c'est un signe", me suis-je soufflé.

J'avais tout rangé et dans la caravane, j'avais cette machine à écrire, mais je n'avais pas trouvé de stylo ni de feuilles de papier. L'idée était bonne mais je n'avais pas les outils nécessaires pour le faire. Il était temps que je me pose les bonnes questions :

"Je ne sais toujours pas comment cela est arrivé, mais je sais que le contexte évolue et s'adapte. Je trouve ça bizarre, mais je pense que tout ça est ancré dans ma tête. J'ai peut-être des pouvoirs."

J'avais décidé de m'asseoir le dos droit, de fermer les yeux et de penser fortement à un tas de feuilles sur la table. Je me persuadais que je pouvais le faire. À chaque fois où j'ai ouvert les yeux, rien n'avait changé. Toutes mes tentatives de magie avaient échoué, il n'y avait aucune feuille qui apparaissait. La clé du mystère ne semblait pas aussi évidente.

Une nouvelle journée était en train de se terminer. Je me sentais propre et rassasié. Je n'ai pas pu résister à la tentation d'ouvrir la bouteille de vin. L'esprit légèrement ivre, la solitude me rendait mélancolique. J'avais ce sentiment où rien n'évoluait, mais paradoxalement, chaque jour depuis ce premier réveil avait ce goût d'inattendu et de surprise. La porte grande ouverte, je laissais entrer la fraîcheur du désert après une journée caniculaire. J'étais un peu angoissé et je continuais à me parler à moi-même :

"Demain, je dois m'attendre à quoi ?"

J'avais beau me poser la question, je n'en avais pas la moindre idée. Il était impossible pour moi de faire un bilan. J'étais parasité par des émotions et je n'arrivais pas à me canaliser.

"Si seulement je pouvais avoir un téléphone, je pourrais appeler Maria et tout lui expliquer. Elle me comprendrait et elle aurait sûrement une réponse à tout ça", pensais-je.

Maria était mon épouse, je me souvenais très bien d'elle, de ses yeux bleus et de ses cheveux noirs. Maria était la personne qui me connaissait le mieux et envers qui ma confiance était inébranlable. Malheureusement, à cet instant-là, je n'avais aucune nouvelle d'elle. La nuit prenait la place du jour, je suis sorti, il n'y avait ni lune ni lumière à l'horizon. J'ai levé la tête au ciel, des milliers d'étoiles scintillaient. J'avais beau souffrir de me sentir abandonné, la nuit étoilée me mettait en paix. Comme un symbole, j'aperçus une étoile filante, je n'en avais jamais vu une si belle auparavant, mais comme toutes les autres, elle fut éphémère. Je n'ai même pas songé à faire un vœu, j'avais apprécié l'instant comme il se devait.

La température dans le désert était en chute libre la nuit, j'avais froid. Je suis rentré et j'ai fermé la porte à clé. Malgré le fait que j'étais la seule âme à des kilomètres à la ronde, me renfermer me rassurait. Cette caravane devenait mon cocon dans lequel je pouvais me sentir à l'abri. Malgré le fait que je ne cessais d'être bouleversé, j'avais cette envie de retransmettre le quotidien que j'étais en train de vivre. Dans cet état de fait, j'étais convaincu que pour résoudre mon ignorance, l'écriture pouvait être ma solution.

J'allais passer une nuit de plus, laissant ma conscience dans l'abîme. Au petit matin, j'ai très vite compris que la caravane était encore dans le désert par la température de l'habitacle. La première chose qui me vint à l'esprit fut d'attraper un couteau et de graver sur le bardage en bois au-dessus de la banquette des traits. Je pouvais ainsi contempler le nombre de jours. Je m'interrogeais : "J'ai passé deux jours dans la jungle, un jour dans la ville et j'en suis au deuxième jour dans le désert." J'avais fait cinq traits, cela me permettait de garder une notion du temps qui passait.

Je n'ai même pas pris la peine de me rincer le visage, j'ai ouvert la porte et j'ai aperçu au loin un touareg avec un chameau qui semblait venir vers moi. Je suis resté un temps immobile, le regardant avancer.

J'étais à la fois rassuré de voir quelqu'un mais angoissé de savoir si c'était un bon présage.

Tellement le désert était immense, je n'arrivais pas à me faire une idée de la distance qui nous séparait. Le bras levé, avec mes mains, je lui ai fait un signe de salutation et il m'a répondu de manière réciproque. Ce geste m'a rassuré. Sa silhouette était déformée par la chaleur qui remontait du sol. Ces derniers jours avaient été tellement perturbants que je me suis dit : "C'est encore un tour que te joue ton esprit, n'est-ce pas un mirage ?" À quelques mètres de moi, j'ai compris qu'il était bien réel. Il est descendu du chameau, il était vêtu d'une sorte de toge bleu clair avec un ruban sur sa tête, laissant apparaître seulement ses yeux noirs en forme d'amande, le teint très mat.

"Bonjour", lui dis-je.

"Salam aleykoum.

_Vous ne parlez pas français?"

_Si je sais parler 14 langues", répondit-il d'une voix grave et avec un fort accent méditerranéen.

Il continua :

"Je suis venu t'apporter quelque chose.

_À moi ! Vous en êtes sûr ?

_J'en suis bien sûr, même si parfois nos certitudes nous jouent des mauvais tours, et qui, je ne vois personne d'autre, que toi ici ?".

Je semblais plus surpris moi-même de me savoir ici que lui de me voir ici.

"Qui vous envoie ici ?

_Personne, si ce n'est toi-même.

_À aucun moment, il me semble avoir demandé votre venue.

_Pourtant, il me semble que tu veux ceci", dit-il en me tendant une ramette de feuilles enveloppée et ficelée dans une peau de cuir.

"Effectivement, j'étais impatient d'avoir ces feuilles. Comment le saviez-vous ?

_Tu es le seul à le savoir, mais tu ne sais toujours pas quel est le point déclencheur de tout ceci.

_Pouvez-vous alors me le dire ?

_Je ne suis pas là pour ça, je suis juste une pièce de plus dans ton puzzle mais je ne suis pas le tableau.

_Voulez-vous partager un thé ?

_Je veux bien, mais je ne tarderai pas trop, mon chemin est encore long."

J'avais beaucoup de questions à lui poser.

Révélations Écrites

J'avais appris que les réponses ne venaient pas facilement. Je lui ai donc offert du thé et nous avons échangé quelques banalités sur nos vies respectives. Il avait un calme et une sagesse qui m'impressionnaient. Je me suis finalement décidé à lui poser la question qui me taraudait depuis si longtemps :

"Comment tout cela est-il possible ?"

Il a pris une longue inspiration avant de répondre :

"Ce qui est possible, c'est ce que tu as décidé de rendre possible. Les limites sont celles que tu t'imposes à toi-même. Ton esprit est capable de bien des choses dont tu n'as pas encore conscience. Tu dois apprendre à écouter ta propre voix intérieure, celle qui te guide vers la lumière."

Sa réponse m'a laissé perplexe, mais je savais qu'il y avait une part de vérité dans ses mots. Je lui ai ensuite demandé s'il avait des réponses concernant les changements de décor, les objets qui apparaissaient mystérieusement et tout le reste.

"Les réponses que tu cherches sont en toi", a-t-il répondu.

"Tu dois explorer ton propre esprit, tes souvenirs, tes peurs, tes désirs. Ils sont la clé de tout cela."

Je n'étais pas sûr de comprendre entièrement ce qu'il voulait dire, mais quelque chose en moi résonnait avec ses paroles. Il était clair que je devais aller plus en profondeur dans ma propre introspection.

Après notre échange, le touareg est reparti en me disant que lui aussi avait de nouvelles contrées à découvrir. j'ai compris à ce moment là que je n'étais pas le seul à être dans l'ignorance. Il avait pris le soin de refermer la porte. J'étais seul à nouveau, avec mes pensées et mes questions sans réponse. Mais cette fois, j'avais une nouvelle perspective à explorer. Je me suis assis avec les feuilles qu'il m'avait apportées et j'ai commencé à écrire, laissant mes pensées et mes émotions couler sur le papier. Peut-être que dans ces mots, je trouverais des réponses. Et même si je ne les trouvais pas, cela me permettrait de garder une trace de mon voyage dans l'inconnu.

Et ainsi, une nouvelle page de mon étrange histoire commençait à s'écrire, une page que j'étais déterminé à remplir de toutes les questions, les doutes et les découvertes qui m'attendaient.

La chaleur était si intense que mon plus grand souhait était de retrouver de la fraîcheur. j'étais en méditation devant les feuilles griffonnées de mes pensées succinctes que j'entendis un bruit de ferrailles à l'avant de la caravane. J'ai à peine eu le temps de me mettre debout que j'ai entendu le rugissement d'un puissant moteur.

Quelqu'un ou quelque chose avait attelé la caravane, elle se mit en mouvement brutalement que tous les objets et ustensiles se sont renversés dans tous les sens . je n'arrivais pas à tenir debout tellement la caravane était secouée.

J'essayais de m'accrocher au rebord de la fenêtre pour y jeter un coup d'œil et comprendre ce qui était en train de se passer. je n'ai pas eu le temps de voir quoi que ce soit mais j'ai aperçu une fumée blanchâtre pénétrer dans la l'habitacle par le sol.

Pris de panique je me mis à crier:

" c'est quoi ce bordel, à l'aide!!"

Je commençais à tousser , Dans un état de semi-conscience, je ressentais la brume épaisse envahir la caravane. Une odeur âcre et suffocante emplit mes poumons, provoquant une panique croissante alors que je me battais pour respirer. Mes mains tremblantes cherchaient désespérément la poignée de la porte, mais mes membres refusaient de répondre. La noirceur m'envahissait et je perdais la conscience, emporté par l'asphyxie.

Lorsque je repris connaissance, une sensation de froid intense me saisit. mes paupières s'ouvraient lentement sur un paysage glacé et inhospitalier. Autour de moi, des montagnes majestueuses se dressaient contre un ciel gris et menaçant. Des congères de neige s'étendaient à perte de vue, contrastant violemment avec le désert brûlant que j'avais quitté.

Déconcerté et désorienté, Je tentais de me relever, mais mes membres étaient engourdis par le froid. je frissonnais violemment, regrettant presque la chaleur accablante du désert. Des pensées confuses tourbillonnaient dans mon esprit alors que j'essayais de comprendre ce qu'il m'était arrivé.

Dans un sursaut de conscience, je me rappelai la caravane. Était-elle toujours là, figée dans la glace ? Je tournai mon regard vers l'endroit où je m'étais réveillé, espérant voir les contours familiers de mon abri. Et là, au milieu de ce paysage gelé, émergeait la silhouette familière de la caravane. J'apercevais une lumière à l'intérieur.

J'étais vêtu d'un manteau en peau d'animal et de bottes recouvraient mes pieds. Incrédule, je me traînais péniblement jusqu'à elle, m'enfonçant dans la neige épaisse. En ouvrant la porte, un souffle de chaleur m'accueillit. À l'intérieur, rien n'avait changé, si ce n'est le poêle à bois qui crépitait joyeusement dans un coin. Les objets et ustensiles renversés gisaient toujours au sol, témoins muets de ma récente lutte pour la survie.

C'est alors que je compris : la caravane était devenue mon refuge, ma protection contre les caprices de ce monde étrange. C'était ici que les changements se produisaient, que les défis étaient relevés et que les mystères étaient découverts. Et au centre de tout cela, il y avait la porte, le lien entre deux mondes, le point de départ de mes voyages intérieurs et extérieurs.

Avec cette nouvelle compréhension, une lueur d'espoir naquit en moi. Peut-être que, grâce à la caravane, je pourrais percer les mystères qui entouraient mon voyage et trouver les réponses que je cherchais désespérément. Je n'avais pas encore toutes les clés, mais je savais maintenant où les chercher.

Et ainsi, tandis que la neige continuait de tomber à l'extérieur, je m'assis près du poêle, réchauffant mes membres engourdis et laissant mes pensées vagabonder. Une nouvelle étape de mon étrange voyage commençait, et j'étais prêt à affronter tout ce qu'elle pourrait apporter.

En ramassant les objets éparpillés sur le sol, une feuille de papier attire mon attention. Je la saisis délicatement, me demandant comment elle avait pu atterrir là, au milieu du chaos. En la dépliant, je découvre des mots écrits à la main, des mots qui résonnent profondément en moi.

"Mon cher amour,

Si tu lis cette lettre, c'est que tu te trouves toujours dans ce monde étrange où tu as été emporté. J'espère de tout cœur que tu te portes bien et que tu gardes espoir en des jours meilleurs. Depuis ton départ, je n'ai cessé de penser à toi, de me demander où tu es et si tu es en sécurité.

Je sais que tu es fort, que tu as toujours su affronter les défis avec courage et détermination. Je te supplie de ne jamais perdre cette force intérieure qui t'anime, car je crois en toi, en ta capacité à surmonter les obstacles, aussi insurmontables qu'ils puissent paraître.

Sache que je suis là, quelque part, à t'attendre avec impatience. Je n'abandonnerai jamais l'espoir de te revoir, de sentir à nouveau ta présence à mes côtés. Notre amour est plus fort que toutes les épreuves, plus puissant que tous les mondes parallèles. Il nous guidera, je le sais, vers un avenir où nous serons de nouveau réunis, pour l'éternité.

Prends soin de toi, mon amour. Garde cette lettre près de ton cœur, comme un rappel de notre amour indéfectible, de notre lien inébranlable. Et n'oublie jamais que, quoi qu'il arrive, je serai toujours là, à t'attendre.

Avec tout mon amour,

Ps: Ne t'inquiète pas pour ta fille elle se porte à merveille.

Maria"

Je réalisai que j'avais formulé le souhait de pouvoir contacter Maria lorsque j'étais dans le désert. Au plus profond de mon être, je savais qu'elle ne me prendrait pas pour un cerveau dérangé et qu'elle comprendrait ce que je vivais. J'étais quand même surpris qu'elle soit informée des événements que je traversais. À aucun moment je n'avais douté de sa confiance ; notre amour pouvait franchir tous les obstacles, même les plus extrêmes.

Déterminé à retrouver ma bien-aimée, je range précieusement la lettre dans ma poche, sachant qu'elle sera toujours là pour me guider, même dans les moments les plus sombres. Avec elle comme guide, j'étais prêt à affronter l'inconnu et à découvrir les secrets cachés de ce monde étrange.

Les larmes embuèrent mes yeux alors que je relisais chaque mot, la voix de Maria résonnant dans ma tête. C'était comme si une lueur d'espoir s'était allumée au fond de mon âme, me rappelant que je n'étais pas seul dans cette étrange aventure. Je serrai la lettre contre ma poitrine, sentant le réconfort qu'elle apportait. Peut-être que Maria détenait une partie des réponses que je cherchais. Peut-être qu'avec son soutien, je pourrais trouver le courage de poursuivre mon voyage vers l'inconnu. Un sentiment de gratitude envahit mon cœur alors que je replaçais soigneusement la lettre dans son enveloppe, la gardant précieusement près de moi. Avec un sourire sur les lèvres, je me sentis soudainement plus fort, plus déterminé.

Peut-être que le changement n'était pas toujours effrayant, peut-être que c'était juste une opportunité de découvrir quelque chose de nouveau, quelque chose d'inattendu. Et avec Maria à mes côtés, je savais que je pouvais affronter n'importe quel défi. C'était avec cet espoir renouvelé que je me préparai à affronter les mystères qui m'attendaient dans ce paysage glacial, prêt à découvrir ce que le destin avait encore en réserve pour moi.

Le cœur réconforté , en rangeant je m'aperçus que mes premiers écrits à la machine avaient été classifiés. Dans un coin de la caravane. Les feuilles étaient soigneusement alignées, comme si elles attendaient d'être découvertes. Intrigué, je les ramassai et les examinai de plus près. Chaque page était remplie de mots, de phrases, de pensées qui semblaient avoir jailli de mon esprit sans que je m'en rende compte.

Je me remémorais les moments où j'avais tapé ces mots sur la vieille machine à écrire. C'étaient des moments de confusion, de doute, mais aussi d'inspiration et de réflexion. Les mots avaient été mes seuls compagnons dans cette étrange aventure, et maintenant, ils semblaient prendre vie sous mes yeux. Je commençai à lire les premières lignes, plongeant dans les méandres de mon propre esprit. Les mots résonnaient en moi d'une manière que je ne pouvais expliquer. Ils parlaient de courage, de résilience, de la nécessité d'affronter ses déboires les plus profondes. Plus je lisais, plus je me sentais connecté à ces mots, comme s'ils étaient une extension de moi-même. Ils me rappelaient que j'avais traversé des épreuves difficiles dans le passé, que j'avais surmonté des obstacles en puisant dans ma propre force intérieure.

Une idée germa dans mon esprit alors que je relisais les dernières lignes de mon écriture. Peut-être que ces mots étaient la clé pour comprendre le mystère qui entourait ma situation. Peut-être qu'en explorant mes propres pensées et émotions, je pourrais trouver les réponses que je cherchais depuis si longtemps.

Réflexion du voyageur

Alors que je méditais sur mes propres réflexions, un bruit de pas feutrés se fit entendre à l'extérieur de la caravane. Intrigué par cette intrusion dans ce paysage gelé et isolé, je m'approchai de la porte et l'entrouvris prudemment.

Devant moi se dressait un groupe de nomades, enveloppés dans des manteaux épais de fourrure, leurs visages burinés par les rigueurs du climat glacial. Leur chef, un homme au regard perçant et à l'allure fière, s'avança vers moi avec assurance. Ses yeux noirs en forme d'amande me rappelaient étrangement le touareg du désert. J'avais ce sentiment que les événements autour de moi s'accéléraient. J'avais à peine eu le temps de me poser que je me préparais déjà pour un nouveau décor, un notre monde.

" Bonjour, étranger ", dit-il d'une voix profonde et calme.

" Nous avons remarqué ta présence ici et nous avons pensé que tu pourrais avoir besoin d'aide. "

Son grain de voix réconfortait mon sentiment.

"Nous sommes nous déjà croisé?" lui dis-je

"Dans ces terres hostiles on ne croise personne si ce n'est un téméraire.

_Je suis bien trop prudent pour l'être."

Je fus immédiatement frappé par l'aura de confiance et de bienveillance qui émanait de lui. Son offre d'aide résonna en moi comme un signe, une opportunité de percer les mystères qui entouraient mon voyage. Je gardais tout de même une certaine prudence car mon dernier passage entre deux mondes fut mouvementé après le départ du Touareg du désert.

"Je pense avoir entrepris la quête de mon être" lui dis-je.

Le chef nomade hocha la tête, comprenant ma quête.

« Nous avons parcouru ces montagnes pendant des générations, et nous connaissons leurs secrets mieux que quiconque. Peut-être pouvons-nous t' être utiles dans ta quête.

_Je ne pense pas que mes réponses se trouvent dans ces montagnes.

Le chef nomade fixa son regard sur moi, ses yeux sombres brillant d'une lueur de savoir.

"Où penses tu trouver tes réponses alors" il me rétorquais.

" Je songe à un lien entre un monde extérieur et monde intérieur par le biais de la porte"

_Parles-nous de cette porte mystérieuse », dit-il d'une voix calme mais insistante.

_Elle n'a rien de mystérieux, elle est là, c'est la porte de la caravane. Rentrez donc, mettons nous au chaud"

J'ai refermé la porte derrière nous. Je pris une profonde inspiration, rassemblant mes pensées pour expliquer mon étrange voyage.

"Cette porte est plus qu'un simple seuil entre deux mondes", commençai-je.

" Elle représente un lien entre le connu et l'inconnu, un portail vers des réalités différentes. Lorsque je l'ai franchie, j'ai été transporté d'un désert brûlant à ces montagnes enneigées, sans comprendre pleinement comment cela était possible mais je commence en m'en faire une idée".

Le chef nomade inclina la tête, me donnant le sentiment qu'il absorbait mes paroles avec attention.

" Et que penses-tu que cela signifie ? " demanda-t-il.

" Pourquoi penses-tu que cette porte vous a mené ici, parmi nous? "

Je réfléchis un instant, essayant d'articuler mes pensées confuses. " Je crois que cette porte représente une opportunité de croissance et de découverte ", répondis-je lentement.

« Peut-être qu'elle m'a conduit ici pour que je puisse apprendre de nouvelles leçons, sur moi-même et sur le monde qui m'entoure. Peut-être qu'elle est le symbole d'un voyage intérieur aussi bien qu'extérieur, une invitation à explorer les profondeurs de mon propre esprit et à découvrir ce qui se cache au-delà des apparences."

Le chef nomade acquiesça lentement, semblant méditer sur mes paroles.

"Les portes peuvent être des symboles puissants ", dit-il enfin.

"Elles nous invitent à franchir les limites de notre compréhension et à embrasser l'inconnu avec courage. Peut-être que ton voyage ici, vers ces terres gelées, est un appel à l'aventure, un défi lancé par le destin pour que tu puisses trouver les réponses que tu cherches."

Avec un sourire reconnaissant, je remerciais le chef nomade pour ses questions perspicaces.

"Intrigant", murmurai-je, réalisant que mes observations pourraient contenir une clé importante pour comprendre le fonctionnement de la porte de la caravane.

"Il semble que mes pensées et mes désirs aient un effet sur les événements qui se produisent lorsque je franchis cette porte."

Le chef nomade plissa les yeux, manifestant un intérêt accru pour mes paroles.

"Cela soulève des questions fascinantes", répondit-il.

"Peut-être que la porte agit comme un amplificateur pour tes pensées et tes intentions, transformant tes souhaits en réalité lorsque tu la traverses."

J'acquiesçai lentement, absorbant cette nouvelle perspective.

"Il se pourrait bien que ce soit le cas", concédai-je.

"Cela expliquerait pourquoi mes expériences semblent si intimement liées à mes pensées les plus profondes."

Le chef nomade sembla réfléchir un moment, puis il posa une question qui résonna en moi.

"Et si la clé pour maîtriser cette porte résidait dans ta capacité à contrôler tes pensées et tes désirs ?" suggéra-t-il.

"Peut-être que si tu parviens à canaliser ta volonté de manière consciente et maîtrisée, tu pourrais utiliser cette porte comme un outil pour façonner ta réalité selon tes souhaits."

Je pris le temps de réfléchir à ses paroles, réalisant la profondeur de leur signification. Peut-être que la clé pour comprendre la porte de la caravane et exploiter son plein potentiel résidait effectivement dans ma capacité à contrôler mes pensées et mes désirs. Avec cette nouvelle perspective en tête, je remerciais le chef nomade pour ses conseils avisés.

"Vous avez ouvert de nouvelles avenues de réflexion pour moi", lui dis-je sincèrement.

"Je vais certainement prendre en compte vos paroles dans mes futurs voyages à travers la porte."

Le chef nomade inclina la tête en signe d'approbation, semblant satisfait de notre échange.

"N'oublies pas que le pouvoir réside en toi", me rappela-t-il. "Maîtrises tes pensées et tes désirs, et tu maîtriseras la porte qui mène vers l'inconnu."

Avec un sentiment de détermination renouvelée, je regardai la porte de la caravane, sachant que derrière elle se trouvait un monde d'opportunités et de découvertes. Peut-être que, grâce aux conseils des nomades et à ma propre volonté, je pourrais enfin percer les mystères qui entouraient ce fascinant artefact. Alors que la nuit tombait sur les montagnes enneigées, je me préparais à franchir une fois de plus le seuil de la porte, prêt à poursuivre mon voyage vers l'inconnu avec une nouvelle perspective et une détermination inébranlable.

Après les adieux avec les nomades, je me retrouvai seul à nouveau, dans le calme de la caravane. Alors que la nuit tombait sur les montagnes enneigées, je m'installais près du poêle à bois, laissant la chaleur réconfortante envahir l'habitacle. Dans le silence apaisant, je me plongeai dans mes pensées, réfléchissant aux paroles du chef nomade et aux mystères de la porte de la caravane. Devais-je continuer ma quête, explorer les secrets de ce monde étrange, ou devrais-je renoncer et chercher à retrouver les miens ?

Les souvenirs de ma vie passée me revinrent en mémoire, les visages de ceux que j'aimais, les moments partagés ensemble. Une part de moi désirait ardemment retrouver cette vie, cette familiarité qui me manquait tant. Mais en même temps, il y avait une force en moi, une curiosité insatiable, qui me poussait à explorer, à découvrir l'inconnu. Pendant des heures, je pesais le pour et le contre, laissant mes pensées s'entremêler dans un tourbillon d'émotions. Finalement, une décision commença à émerger dans mon esprit, une décision que je savais être la bonne. Je me levai lentement, sentant la détermination grandir en moi. Quelle que soit la difficulté, quelle que soit l'incertitude, je savais que je devais continuer ma quête. Il y avait encore tant de choses à découvrir, tant de réponses à trouver. Avec un sourire résolu, je décidai de poursuivre mon voyage, de suivre les traces de la porte de la caravane vers de nouveaux horizons. Quoi qu'il advienne, je savais que j'étais prêt à affronter les défis avec courage et détermination. Dans le calme de la nuit, bercé par le crépitement du feu, je mis une feuille de papier dans la machine à écrire. Les mots jaillirent en tapotant le clavier comme un pianiste, guidés par mes pensées et mes émotions. Je laissais libre cours à mes réflexions, écrivant avec une intensité nouvelle, comme si chaque mot était une pierre sur le chemin de ma quête. Mes pensées se mêlèrent aux mots, formant des phrases chargées de sens et d'émotions. Je relatais mon voyage, la jungle , la civilisation, mes rencontres avec le touareg du désert et les nomades des montagnes enneigées. Je décrivais mes doutes et mes espoirs, mes craintes et mes aspirations. À travers mes mots, je cherchais à comprendre le mystère qui entourait la porte de la caravane, à saisir le sens profond de mon voyage. Chaque lettre, chaque ligne était un pas de plus vers la vérité, une exploration de mon propre esprit et de mon âme. Quand j'eus fini d'écrire, je relus mes mots avec satisfaction. Ils étaient le reflet de mon âme, une expression de mes pensées les plus profondes. Avec un sentiment de soulagement, je rangeais soigneusement les feuilles, sachant qu'elle serait là pour me guider dans les moments difficiles à venir. Puis, épuisé par les événements de la journée, j'ai ôté mes habits chauds et me suis emmitouflé dans une simple couverture. je pris le temps de blottir contre mon cœur la lettre de mon épouse et lui transmettre le souhait de me réveiller encore dans cette caravane malgré le manque affectif. m'endormis paisiblement, enveloppé par les rêves de l'aventure à venir. Et alors que les étoiles scintillaient dans le ciel nocturne, je sentis que, quel que soit le chemin qui m'attendait, j'étais prêt à le parcourir avec force.

La clé de l'aventure

Au petit matin, je me suis réveillé avec une nouvelle énergie, prêt à affronter la journée qui s'annonçait. Après un rapide petit déjeuner, j'ai pris un moment pour relire mes écrits. Le matin mon esprit semblait plus lucide. Le feu dans le poêle était devenu une maigre braise. Les températures négatives étaient tellement palpables que j'avais décidé de raviver la flamme. Il ne me restait plus que deux petites bûches sèches et je savais que ça ne serait pas suffisant pour la journée. Je sentais le froid pénétrer mes os, me rappelant la rudesse de cet environnement hostile. Je savais que je ne pouvais pas rester trop longtemps ici, que mes ressources étaient limitées et que je devais trouver une solution rapidement. C'est alors que je décidai de mettre à l'épreuve le fonctionnement de la porte de la caravane. Avec un mélange d'excitation et d'appréhension, je m'approchai de la porte et l'ouvris lentement. Mais à ma grande surprise, il ne se passa rien. Aucun changement, aucune transformation. J'étais toujours là, au même endroit, dans les montagnes enneigées. Confus, je fermais la porte et réfléchis à ce qui avait pu se passer. C'est alors que je réalisai que j'avais oublié un élément crucial qui me fis penser:

"La clé. Pendant mon transport du désert à ces montagnes, j'ai perdu la clé qui permet de verrouiller la porte. Sans elle, la porte ne peut pas fonctionner correctement, elle ne peut pas être le lien entre mes pensées et mes désirs et le monde extérieur."

Avec un soupir de frustration, je fouillai dans mes affaires, espérant retrouver la clé perdue. Mais après avoir retourné chaque poche et chaque recoin de la caravane, je dus me rendre à l'évidence : la clé avait disparu. Dans un premier temps, la déception me submergea. Mais bientôt, une lueur d'espoir émergea au milieu de l'obscurité. Peut-être que la clé n'était pas perdue pour toujours. Peut-être qu'elle était là, quelque part, attendant d'être retrouvée. Avec cette pensée en tête, je décidai de reprendre ma quête, déterminé à retrouver la clé et à percer les mystères de la porte de la caravane. Quoi qu'il en soit, je savais que mon voyage était loin d'être terminé, que de nouvelles aventures m'attendaient au-delà de l'horizon. Et avec cette certitude dans mon cœur, je me suis mis en marche, prêt à affronter les défis qui se dressaient sur mon parcours. Le temps était compté , le froid pouvait à tout moment avoir raison de moi.

Dans la panique et la hâte de trouver la clé perdue, une pensée sombre traversa mon esprit : les nomades auraient-ils pu la prendre ? Leur comportement bienveillant à mon égard me rendait initialement sceptique quant à cette possibilité, mais dans un environnement aussi hostile, les gens étaient parfois poussés à des actes désespérés. En méditant sur la disparition de la clé, une deuxième pensée frappa mon esprit comme un éclair : et si les nomades l'avaient prise dans un acte de bienveillance, afin de m'empêcher de l'utiliser de manière imprudente ? Après tout, ils semblaient avoir une connaissance approfondie des mystères de ces montagnes et de la porte de la caravane.

Regrettant mes suspicions précédentes, je réalisai que je devais comprendre pleinement l'importance et le fonctionnement de cette clé avant de tenter quoi que ce soit. Avec cette nouvelle perspective en tête, je me hâtais de retourner vers le campement des nomades, déterminé à obtenir des réponses.

Affaibli par le froid et la fatigue, je me dirigeais vers le campement des nomades. Je fus soudainement assailli par une meute de loups affamés. Leurs yeux noirs aux pupilles dilatées et leurs crocs acérés dégoulinaient de bave. Ils étaient peut-être quatre , cinq , je ne savais plus. Ils ont formé un cercle autour de moi le referment avec stratégie. Pris au dépourvu, je cherchai désespérément un moyen de me défendre, mais mes forces faiblissaient rapidement. C'est alors que le plus jeune des nomades, que j'avais croisé plus tôt, surgit de derrière une congère, armé d'une lance rudimentaire. Sans hésitation, il se jeta dans la mêlée, faisant reculer les loups avec adresse et courage. Sa détermination et son habileté étaient impressionnantes, et grâce à son intervention, je parvins à me relever et à me mettre à l'abri derrière lui. Pendant que le jeune nomade repoussait les loups avec bravoure, j'eus le temps de reprendre mes esprits et de chercher un moyen de les neutraliser. Rassemblant mes dernières forces, je me faisais le plus grand possible en levant les bras et je poussais des hurlements dignes d'un guerrier, c'est ainsi que je me suis joint à la bataille. Ensemble, le jeune nomade et moi réussîmes à mettre en fuite les loups, les repoussant loin du campement. Une fois la menace écartée, je m'effondrai sur mes genoux, épuisé mais reconnaissant.

"Merci," murmurai-je, mes mots empreints de reconnaissance.

Il inclina la tête avec humilité, avant de me conduire au campement où les autres nomades nous attendaient, inquiets mais soulagés de nous voir sains et saufs. Malgré cette montée d'adrénaline je n'avais qu'une chose en tête: La clé.

Quand je me suis retrouvé à l'abri dans la yourte du chef je lui fis ma plus grande reconnaissance pour la bravoure de sa descendance.

"Merci" me dit-il.

"Mais je pense que tu n'es pas venu ici pour ça

_ Effectivement je voulais vous demander si vous n'auriez pas vu la clé de la porte de la caravane. Lui dis-je avec une voix remplie de gènes.

Je lui expliquai ma théorie et exprimais mes regrets pour mes soupçons précédents, le chef nomade sembla comprendre ma démarche. Avec un sourire sage, il acquiesça lentement.

"Nous avons pris la clé pour te protéger, étranger", déclara-t-il d'une voix empreinte de sagesse. "Nous avons vu en toi une volonté de comprendre, mais aussi une impatience qui aurait pu te mettre en danger. Nous voulions t' aider à saisir pleinement le potentiel de la porte de la caravane avant de la franchir à nouveau."

Ses paroles résonnèrent en moi avec une clarté évidente. J'avais été aveuglé par mon désir d'avancer, sans prendre le temps de véritablement comprendre les implications de mes actions. Maintenant, avec les conseils des nomades, je réalisais l'importance cruciale de la patience et de la réflexion dans mon voyage. Avec humilité, je remerciais le chef nomade pour son geste de bienveillance et pour les leçons qu'il m'avait enseignées. Puis, avec la clé maintenant en ma possession, je m'engageais à utiliser ce nouvel apprentissage avec prudence et respect.

" Tu peux retourner en paix dans la caravane et tu peux préparer la suite de ton voyage, tu commences à être prêt." me dit-il.

De retour à ma caravane, je pris le temps de méditer sur ce que j'avais appris. La clé représentait bien plus qu'un simple outil ; c'était un symbole de sagesse et de compréhension, une invitation à explorer le potentiel infini qui résidait au-delà de la porte.

Je fermais les yeux et je visualisais un paysage verdoyant, où les montagnes enneigées laissaient place à des vallées luxuriantes et des forêts denses. Je ressentais la chaleur du soleil caresser ma peau, les doux bruits de la nature remplir mes oreilles. Je m'imprégnais de l'odeur fraîche de la terre humide, des fleurs sauvages et des arbres centenaires. Je me laissais envahir par le sentiment de paix et de sérénité que dégageait cet environnement verdoyant.

Avec cette nouvelle image en tête, je me sentais prêt à franchir la porte de la caravane et à explorer ce monde rempli de beauté et de mystère. Je savais que même si mes désirs pouvaient être changeants et mes souhaits novices, chaque expérience m'apporterait une nouvelle compréhension de moi-même et du monde qui m'entourait. Avec un sourire confiant, j'ai fermé à clé la porte de la caravane avec moi à l'intérieur . En attendant patiemment que le feu ne soit plus que cendre , je fis le choix d'écrire un peu avant ma prochaine destination. J'ai saisi la vieille machine à écrire. j'ai positionné une feuille blanche et me suis laissé guider par le son de chaque touche enfoncée. Laissant les mots couler de mon être comme un torrent d'idées et d'émotions. J'ai décrit mes impressions sur les rencontres avec les nomades, mes réflexions sur la porte de la caravane et mes espoirs pour ce nouveau monde que je m'apprêtais à découvrir. Chaque mot que j'ai tapé semblait empreint d'une énergie nouvelle, d'une urgence à exprimer mes pensées les plus profondes. J'ai laissé libre cours à mes émotions, à mes doutes et à mes espoirs, sachant que ces notes seraient un précieux compagnon dans les moments à venir. Une fois que j'ai posé mes pensées sur le papier, j'ai rangé soigneusement les feuilles volantes. Mon esprit fût allégé. Je me sentais mieux préparé à affronter l'inconnu, armé de mes propres réflexions et de mon désir de découvrir ce que ce nouveau monde avait à offrir. J'appréhendais le fait de savoir si ma théorie sur la porte fonctionnerait. Je contemplais et j'attendais l'extinction du feu dans le poêle, j'avais décidé que ça serait mon top départ. je faisais en sorte de lier tous les éléments nécessaires pour rassurer mon esprit légèrement angoissé .

"Tu as évité de te faire manger par les loups tu n'as pas à avoir peur, jusqu'à là tout était bien ficelé pour que cette aventure continue."

Après une dizaine de minutes , le feu s'éteignait :

Avec un sourire déterminé, je me suis levé de la table, prêt à ouvrir la porte de la caravane et à plonger dans cette nouvelle aventure. Je savais que quoi qu'il arrive, mes écrits seraient là pour me guider et me rappeler le chemin que j'avais parcouru et que j'allais entreprendre.

La main moite et tremblante , je fis un tour de clés , je pris une grande inspiration, j'ai posé ma mais sur la poignée , j'ai expiré lentement comme si j'étais en apnée. J'ai entrouvert délicatement la porte...

L'ascension de la caravane

Alors que je me tenais dans la caravane, en entrouvrant la porte, une sensation étrange s'empara de moi. J'avais l'impression que quelque chose avait changé, que l'environnement autour de moi avait subi une transformation subtile mais perceptible. Intrigué, j'ai jeté un regard autour de moi et mes yeux se sont posés sur l'angle d'ouverture. Ce que j'ai vu m'a coupé le souffle. La caravane n'était plus au sol, mais suspendue dans les airs, comme une cabane dans les arbres. Les branches feuillues entrelacées autour d'elle, la soutenant comme un nid douillet dans les hauteurs de la forêt. Je clignai des yeux, incrédule, ne pouvant pas croire ce que je voyais. "Comment est-ce possible ?", murmurai-je, ma voix empreinte de stupeur.

Pourtant, il n'y avait aucun doute : la caravane avait été élevée dans les airs, comme par magie, offrant une vue imprenable sur les cimes des arbres et le ciel infini au-dessus. C'était comme si la nature elle-même avait décidé de m'offrir un refuge au sein de ses branches, me permettant de me connecter plus étroitement avec elle.

Un sourire émerveillé se dessina sur mon visage, remplaçant ma surprise initiale par un sentiment de gratitude et d'émerveillement. Je me sentais privilégié de faire partie de cette harmonie entre l'homme et la nature, de vivre cette expérience unique dans ce havre suspendu dans les airs. Excité par la découverte de la téléportation par le biais de la clé et de la porte, je me sentais prêt à affronter de nouvelles aventures. Lorsque j'ai ouvert la porte de la caravane pour descendre, j'ai remarqué une échelle souple, comme celle utilisée par les grimpeurs, qui pendait gracieusement jusqu'au sol. C'était comme si la caravane avait anticipé mes besoins et avait fourni un moyen sûr de descendre. Avec un mélange de gratitude et d'excitation, j'ai commencé ma descente le long de l'échelle. Mais à mi-chemin, un craquement sinistre a retenti dans l'air et l'échelle s'est brisée sous mon poids. Je me suis retrouvé violemment au sol. Un sentiment d'urgence grandissant m'envahissait. Pendant un moment, je me suis arrêté pour reprendre mon souffle et évaluer la situation. Mon cœur battait la chamade alors que je cherchais frénétiquement une solution. Comment pourrais-je remonter maintenant que l'échelle était hors de portée ? La possibilité de rester sans moyens pour remonter, isolé de tout contact avec la caravane, me remplissait d'angoisse. Des idées ont commencé à tourbillonner dans ma tête, mais aucune ne semblait être la solution parfaite. Je pouvais tenter de grimper directement sur les branches, mais elles étaient trop fragiles pour supporter mon poids. Ou peut-être pourrais-je essayer de construire une sorte de plateforme ou de pont rudimentaire pour rejoindre la caravane, mais cela prendrait beaucoup de temps et d'efforts, sans garantie de succès. Je me suis retrouvé pris au piège dans un dilemme, essayant désespérément de trouver une issue à cette impasse. Finalement, j'ai pris une décision : je devais rester calme et rationnel, en attendant que la solution se présente d'elle-même. Ainsi, j'ai commencé à observer attentivement mon environnement, cherchant le moindre signe d'aide ou de possibilité de remonter. Les minutes semblaient s'étirer indéfiniment alors que je restais là, au sol, attendant avec impatience que le destin tourne en ma faveur. Mon appréhension était dirigée vers une présence indéfinissable, un sentiment d'être observé par quelque chose ou quelqu'un dissimulé dans l'ombre de la forêt. Cette sensation d'être épié ajoutait une couche supplémentaire à mon anxiété, me poussant à redoubler de vigilance. Chaque bruissement des feuilles, chaque craquement de branches semblait amplifier mon sentiment de vulnérabilité. Mon esprit était en alerte, cherchant à discerner toute menace potentielle qui pourrait se cacher parmi les arbres. Malgré mes efforts pour rester calme, l'incertitude de ma situation pesait lourdement sur mes épaules. Je savais que je devais agir rapidement pour trouver une solution à mon dilemme et retrouver la sécurité de la caravane suspendue dans les hauteurs de la forêt. Avec une appréhension palpable, je décidai de m'éloigner de la caravane et d'explorer l'environnement qui m'entourait. Chaque pas que je faisais dans la forêt était empreint d'une tension nerveuse, mes sens en alerte à la moindre indication de danger.

Malgré mon anxiété, l'envie d'explorer et de comprendre ce nouvel environnement l'emportait sur ma peur. Je scrutais chaque recoin de la forêt, chaque détail, à la recherche de réponses à mes questions et de signes de vie.

Le silence de la forêt était presque assourdissant, seulement interrompu par le bruissement du vent dans les feuilles et le chant des oiseaux. Chaque bruit, chaque mouvement, me faisait sursauter, mais je m'efforçais de rester concentré sur mon exploration. Au fur et à mesure que je m'enfonçais plus profondément dans la forêt, une étrange sensation de familiarité m'envahissait. Comme si j'avais déjà foulé ces sentiers auparavant, comme si ces arbres et ces rochers avaient une histoire à raconter. Malgré mes craintes, je me sentais de plus en plus intrigué par cet endroit mystérieux. Je pressentais que chaque découverte, chaque rencontre, m'apporterait de nouvelles réponses sur le monde énigmatique dans lequel j'avais été transporté. Et avec cette pensée en tête, je continuai mon exploration, prêt à affronter tout ce que la forêt avait à offrir. Perdu dans les méandres de la forêt, je réalisai avec une pointe d'anxiété que je m'étais éloigné de ma caravane au point de ne plus savoir dans quelle direction elle se trouvait. Un sentiment de vulnérabilité m'envahit alors que je me retrouvai seul, loin de tout repère familier.

Je scrutais les alentours, espérant apercevoir ne serait-ce qu'un bout de la toile qui me servait de refuge. Mais les arbres dense me bloquaient toute visibilité, et aucun indice ne me permettait de retrouver mon chemin. Le silence oppressant de la forêt semblait se refermer autour de moi, amplifiant mon sentiment d'isolement. Chaque bruissement de feuilles, chaque cri d'oiseau, résonnait comme un écho sinistre de mon état d'esprit. Je me rendis compte que je devais trouver un moyen de retrouver ma caravane avant que la nuit ne tombe et que je me retrouve à errer dans l'obscurité. Mais dans cet océan d'arbres et de verdure, la tâche semblait insurmontable. Un frisson me parcourut l'échine alors que je réalisais l'ampleur de ma situation. Perdu dans une forêt mystérieuse, sans aucune idée de comment retourner à la sécurité de ma caravane, je me sentais plus vulnérable que jamais. La sensation de panique montait en moi déstabilisant ma réflexion et ma lucidité. Alors que je parcourais la forêt dense, je ressentis soudain une piqûre brûlante à la base de mon cou. Une douleur vive m'envahit, et tout autour de moi sembla se mettre à tourbillonner dans un mouvement vertigineux. Mes sens s'embrumèrent, le monde devint flou, et je sentis mes jambes fléchir sous moi. La sensation de chute m'envahit alors que je m'agenouillais, mon corps fléchissant sous l'effet du vertige et de la douleur. Tout autour de moi, le monde semblait se tordre et se distordre, comme si la réalité elle-même était en train de se déformer.

Des silhouettes humaines, à peine vêtues, surgirent de tous les bosquets environnants, dansant et tourbillonnant autour de moi dans une danse étrange et hypnotique. Leurs visages étaient indistincts, leurs formes semblant se fondre et se confondre dans un kaléidoscope de mouvements frénétiques.

Un dernier éclair de conscience traversa mon esprit alors que je perdais prise sur la réalité. Qui étaient ces êtres mystérieux ? Étaient-ils amis ou ennemis ? Je n'avais pas de réponse, seulement la sensation oppressante d'être entraîné dans un tourbillon de ténèbres.

Puis, lentement, le néant m'engloutit, me plongeant dans un sommeil sans rêve, où le temps et l'espace semblaient n'avoir plus aucun sens. Et dans ce silence assourdissant, je flottais, à la dérive, attendant que le voile de l'inconscience se lève une fois de plus. Le monde autour de moi semblait flou et désorientant lorsque je rouvris les yeux, mais peu à peu, la réalité s'imposa à moi. J'étais allongé sur la banquette de la caravane, la lumière tamisée filtrant à travers les rideaux. Ma tête pulsait douloureusement, et chaque mouvement semblait réveiller une sensation de malaise qui avait du mal à se dissiper.

Un frisson de déception et de désenchantement m'envahit alors que je réalisais que ce n'était pas un simple rêve, mais une expérience bien réelle. Les souvenirs de mon évanouissement et des visions étranges qui l'avaient précédé me revinrent en mémoire, comme des fragments d'un puzzle incomplet.

La piqûre dans mon cou, les silhouettes indistinctes émergeant des bosquets, le vertige accablant qui m'avait submergé... Tout cela semblait si lointain maintenant, comme des échos d'un autre monde.

Je me redressai lentement, prenant appui sur mes coudes alors que ma tête continuait de marteler sa plainte lancinante. Mes pensées étaient encore embrouillées, mais une question demeurait ancrée dans mon esprit : que s'était-il réellement passé là-bas, dans les profondeurs de la forêt ?

La réponse semblait flotter juste hors de ma portée, comme un secret gardé par les ombres de la nuit. Mais malgré mon désir ardent de comprendre, une part de moi tremblait à l'idée de replonger dans ce mystère, de risquer à nouveau d'être emporté par les tourments de l'inconnu.

Pourtant, quelque chose au fond de moi me poussait à poursuivre, à ne pas abandonner cette quête de vérité et de découverte. Car même si les chemins que j'avais empruntés étaient semés d'embûches et d'incertitudes, chaque pas me rapprochait un peu plus de la compréhension de ce monde énigmatique et merveilleux qui m'entourait.

Avec une détermination renouvelée, je me levai de la banquette, chassant la torpeur de mon esprit et la douleur de mon corps. Quelle que soit l'ampleur des défis qui m'attendaient, je savais que j'étais prêt à les affronter, C'était comme si le devoir m'appelait. Car au bout du compte, c'était là le véritable voyage : celui de la découverte de soi-même et du monde qui nous entoure, même dans ses recoins les plus sombres et mystérieux.

La clé dans la serrure, la porte était fermée. j'ai préféré faire bon usage de la lenteur et de ne pas vouloir accélérer les choses. j'avais choisi de faire une énumération de l'intérieur de la caravane avant de me précipiter à ouvrir la porte de nouveau.

Le fruit de l'apprentissage

Je me suis donc attelé à inspecter méticuleusement chaque recoin de la caravane, notant chaque objet et chaque détail qui m'entourait. J'ai commencé par les armoires, passant en revue les provisions de nourriture, les outils de survie et les vêtements, veillant à ce que rien ne soit manquant. Alors que je méditais sur le mystère de cette téléportation inexplicable à travers la porte de la caravane, une question plus profonde me hantait : J' avais sommairement découvert comment cela pouvait arriver, je devais m'attarder sur la question du pourquoi . Pourquoi avais-je été choisi pour vivre cette expérience hors du commun, teintée d'une aura à la fois intrigante et effrayante ? Cette interrogation, loin d'être simplement une curiosité passagère, devint une quête existentielle, me poussant à sonder les profondeurs de mon âme à la recherche de réponses. Assis dans la caravane, je plongeais dans mes souvenirs, cherchant des indices, des motifs cachés derrière les événements étranges qui avaient jalonné mon parcours jusqu'à présent. Était-ce le fruit du hasard, un alignement de circonstances extraordinaires ? Ou bien y avait-il une intention plus profonde, une force mystérieuse guidant mes pas vers un destin inconnu ? Cette introspection me faisait réaliser que chaque rencontre, chaque défi était peut-être une pièce du puzzle, une étape nécessaire sur le chemin de la compréhension de soi. Je pressentais que la clé de tout cela résidait dans la connaissance de moi-même, dans la compréhension de mes motivations les plus profondes et de mes peurs les plus intimes. Peut-être que ce voyage extraordinaire n'était pas seulement une exploration du monde extérieur, mais aussi un voyage intérieur, une quête de vérité au-delà des limites de l'espace et du temps. Ainsi, je décidai de m'engager pleinement dans cette quête intérieure, déterminé à découvrir les réponses cachées au fond de mon être. Peu importe les défis qui m'attendaient, je savais que la véritable aventure résidait dans la recherche de moi-même, dans la découverte de la vérité qui sommeillait au plus profond de mon âme.

Ma meilleure manière de mettre un pas devant l'autre ne pouvait résider que dans l'écriture , je repris mes notes et je m'installais de nouveau devant la feuille blanche.

Dans l'obscurité de la caravane, je laissai une nouvelle fois, mes doigts courir sur les touches de la machine à écrire, donnant vie à mes pensées les plus profondes et à mes questions les plus pressantes. Chaque mot qui prenait forme sur le papier semblait apporter un éclairage nouveau sur mon parcours, sur les mystères qui m'entouraient. À travers l'acte d'écrire, je sentais une connexion intime se tisser entre mon esprit et mon cœur, comme si les réponses que je cherchais étaient enfouies dans les recoins de mon être, attendant d'être révélées par la magie des mots. Les phrases se succédaient, emportant avec elles un flot d'émotions et de réflexions. Je me plongeais dans un état de transe, laissant mon esprit vagabonder librement à travers les méandres de mes pensées, à la recherche de la vérité qui se cachait au cœur de mon expérience.

Voilà la lettre que j'avais tapoté à ce moment là :
"Ces derniers temps, mes pensées ont été habitées
par une question lancinante : pourquoi ? Pourquoi
suis-je plongé dans cette série d'événements
mystérieux et extraordinaires ? Pourquoi moi, et
pourquoi maintenant ? Autant de questions qui
troublent mon esprit et me poussent à chercher des
réponses, même au fin fond de l'inconnu.

Depuis que j'ai découvert la capacité étrange de la
caravane à se déplacer à travers les dimensions, j'ai
entrepris un voyage introspectif sans précédent.
Chaque nouvelle expérience semble être une
invitation à explorer plus profondément la nature de
la réalité et ma propre place en son sein.

Mais malgré mes efforts, les réponses me semblent
toujours insaisissables, comme des étoiles lointaines
dans un ciel obscur. Et pourtant, je ressens au plus
profond de moi-même que ces événements ne sont
pas le fruit du hasard, mais plutôt le résultat d'une
force invisible qui guide mes pas sur un chemin
sinueux et mystérieux.

C'est pourquoi j'ai décidé de mettre mes pensées par
écrit, dans l'espoir que cela m'aide à clarifier mes

idées et à trouver un sens à tout cela. Peut-être que poser mes réflexions sur le papier me permettra d'apercevoir les contours d'une vérité cachée, ou du moins d'apaiser mon esprit tourmenté.

Je suis conscient que mes mots peuvent sembler obscurs et énigmatiques mais ils sont le fruit de mon présent qui me permettront d'avoir un œil sur le passé tout en ayant un aperçu de l'avenir."

Ainsi armé de mes écrits, je me sentais prêt à affronter les défis qui m'attendaient de l'autre côté de la porte, confiant dans le pouvoir de la parole écrite pour éclairer ma route et me guider vers la vérité ultime.

Je tournai la clé avec précaution, sentant sa résistance familière sous mes doigts. Lorsque j'entrouvris la porte, une sensation étrangement familière m'envahit, comme si j'avais déjà vécu ce moment auparavant. C'était comme si le temps lui-même se pliait et se tordait, me ramenant à un instant précédent que je ne pouvais pas tout à fait définir. Une onde de déjà-vu parcourut mon être alors que mes yeux se posaient sur l'angle d'ouverture, révélant une scène qui semblait à la fois nouvelle et connue. La caravane, suspendue dans les airs, semblait m'inviter à revivre une expérience que j'avais déjà vécue, mais dont je n'avais pas encore saisi toute la signification.

Conscient du précédent incident où l'échelle souple avait cédé sous mon poids, J'ai préféré instinctivement la hisser et l'inspecter sa solidité . Avant de m'y aventurer à nouveau, j'ai pris le temps de l'examiner attentivement, cherchant tout signe de faiblesse ou de détérioration. Chaque corde, chaque barreau était passé en revue sous mes doigts, mes yeux scrutant chaque détail avec une attention méticuleuse. Je remarquai une détérioration sur le cordage. Un cisaillement menaçait sa solidité. Avec une pause calculée, je me suis arrêté pour examiner de plus près le dommage. Déterminé à ne pas laisser cette faiblesse compromettre ma sécurité, armé de quelques outils rudimentaires, je me mis au travail, concentré sur la tâche à accomplir. Avec minutie, je renforçais la corde endommagée, je fis un nœud utilisant mes compétences en la matière pour la consolider. Chaque mouvement était méticuleusement exécuté, La réparation était faite avec soin et attention. Une fois la réparation terminée, je pris un moment pour inspecter mon travail, satisfait de voir que le nœud était bien serré. L'échelle semblait maintenant beaucoup plus solide qu'auparavant.

Je l'ai lançais dans le vide et j'ai constaté qu'elle ne touchait plus le sol mais elle était suffisamment longue pour que je puisse atteindre celui-ci. Lorsque je fus sûr que tout était en ordre, je me suis engagé à descendre, descendant avec précaution jusqu'à ce que mes pieds touchent enfin le sol. Une fois là, je pris un moment pour remercier ma prudence et ma vigilance, reconnaissant qu'elles m'avaient peut-être sauvé d'un danger imminent.

"J'espère que tu retiendras la leçon." Me dis-je.

Après être descendu en toute sécurité de la caravane, je pris la décision de remonter à l'intérieur pour récupérer un couteau. L'idée de faire des marques sur les arbres pour me guider dans la forêt était une stratégie prudente et astucieuse, une leçon apprise de mes précédentes erreurs. Avec un sentiment de détermination renouvelée, je grimpai habilement sur l'échelle réparée et pénétrai à nouveau dans la caravane.

À l'intérieur, je fouillai dans mes affaires jusqu'à ce que je trouve le couteau que je cherchais. Sa lame brillait faiblement à la lumière filtrant à travers les fenêtres, promettant d'être un outil fiable dans ma quête pour tracer mon chemin à travers la forêt dense.

Une fois armé du couteau, je descendis de la caravane, bien conscient de l'importance de marquer mon passage dans cette terre sauvage et mystérieuse. Avec détermination, je m'approchai d'un arbre à proximité et fis une encoche nette dans son écorce rugueuse, créant ainsi une marque distinctive qui me servirait de repère.

Répétant ce processus à intervalles réguliers tout au long de mon chemin, je sentis une lueur de satisfaction m'envahir à chaque nouvelle marque que je créais. Ces signes simples mais efficaces étaient comme des balises dans l'obscurité, me guidant et me protégeant contre le piège de la désorientation. Une fois ma tâche accomplie, je fis une pause pour contempler mon travail, observant les marques que j'avais laissées sur les arbres, une trace tangible de mon passage à travers cette terre sauvage. Avec un sourire satisfait, je me sentis mieux préparé à affronter les défis qui m'attendaient, armé non seulement d'un couteau, mais aussi de la sagesse acquise grâce à mes expériences passées. Une pensée sombre s'insinua dans mon esprit. Je me rappelai avec une clarté troublante la douleur de la piqûre que j'avais ressentie lors de ma dernière excursion dans cette forêt mystérieuse. Cette sensation persistante, cette marque invisible sur ma peau, était le rappel palpable d'un danger que je ne pouvais pas ignorer. Je me souvins du frisson qui avait parcouru mon échine, de l'étourdissement qui avait enveloppé mes sens, de l'obscurité menaçante qui avait semblé se refermer autour de moi. Cette piqûre, cette rencontre avec l'inconnu, avait laissé une empreinte indélébile dans mon esprit, une méfiance instinctive envers les forces mystérieuses qui résidaient dans les profondeurs de la forêt. Pourtant, malgré cette réminiscence troublante, je refusai de céder à la peur. Au contraire, je pris cette mémoire comme un avertissement, une incitation à la prudence et à la vigilance. Guidé par cette mémoire troublante, je m'efforçais de rester attentif aux moindres bruits autour de moi, écoutant avec une concentration extrême chaque souffle du vent, chaque craquement de branche, chaque chuintement lointain. Chaque son semblait porter en lui le potentiel d'un avertissement, une indication subtile des dangers qui pouvaient rôder dans les profondeurs de la forêt. Je me déplaçais avec précaution, faisant le moins de bruit possible, conscient que chaque pas pouvait trahir ma présence et attirer l'attention des êtres mystérieux qui peuplaient ces bois. Chaque mouvement était calculé, chaque geste empreint de prudence, dans l'espoir de rester invisible aux yeux de ceux qui pourraient chercher à me nuire.

Malgré l'obscurité croissante qui enveloppait la forêt, mes sens étaient en alerte, mes nerfs à vif, prêts à réagir au moindre signe de danger. Je me laissai guider par mon instinct, laissant mes oreilles percevoir les bruits que mes yeux ne pouvaient voir, me fiant à cette connexion intime avec l'environnement qui m'entourait. Je me fondais dans le camouflage offert par les arbres, mes sens en alerte captèrent un mouvement furtif parmi les ombres de la forêt. Mon cœur s'emballa, mais je réprimais toute panique naissante, me rappelant l'importance de rester calme et maître de la situation.

Je scrutais attentivement la zone où j'avais perçu le mouvement, et mes yeux finirent par discerner une silhouette indistincte, camouflée parmi les feuilles et les branches. Mon premier réflexe fut de me figer, de m'assurer que mon propre camouflage était efficace, avant d'engager la moindre action.

Une fois certain d'être suffisamment dissimulé, je pris une profonde inspiration et décidai d'agir. D'une voix ferme mais non menaçante, je lançai un appel à l'adresse de l'indigène, essayant de projeter autant d'assurance que possible malgré mon propre malaise.

"Bonjour !", m'exclamai-je d'une voix claire mais respectueuse, "Je viens en paix. Je ne cherche aucun conflit."

Mon regard restait rivé sur la silhouette, attendant une réaction, espérant que mes paroles seraient perçues comme sincères et pacifiques. Je me préparais mentalement à toute éventualité, prêt à dialoguer ou à me défendre selon la réponse que j'obtiendrais.

La rencontre inattendue

Mon regard restait rivé sur la silhouette, scrutant chaque mouvement, chaque signe d'activité. Mon cœur battait avec une intensité croissante, tandis que j'attendais fébrilement une réaction de la part de l'indigène. J'espérais de tout cœur que mes paroles seraient perçues comme sincères et pacifiques, mais une part de moi-même restait en alerte, prête à réagir à la moindre menace. Dans l'ombre de la forêt, le silence semblait s'épaissir, ne laissant filtrer aucun son autre que le battement de mon cœur et le murmure du vent dans les feuilles. Chaque seconde qui passait semblait durer une éternité, chaque instant chargé de tension et d'incertitude. Finalement, après ce qui semblait être une éternité, la silhouette se mit en mouvement, se détachant lentement des ténèbres de la forêt. Mon souffle se bloqua dans ma gorge alors que j'observais avec une intensité presque douloureuse, cherchant à déchiffrer les intentions de cet être mystérieux. Un indigène émergea lentement de l'ombre, révélant des traits anguleux et des yeux scrutateurs. Son regard semblait percer au plus profond de mon âme, évaluant ma sincérité, ma détermination, ma volonté de paix

L'indigène était vêtu de façon simple mais fonctionnelle, ses vêtements semblant être confectionnés à partir de matériaux naturels trouvés dans la forêt. Une tunique en lin épais, teintée d'une couleur terreuse, recouvrait son corps, tandis qu'un pantalon de toile robuste protégeait ses jambes des épines et des branches. Autour de sa taille, une ceinture en cuir était nouée, portant divers outils et ustensiles, témoignant d'une vie passée en harmonie avec la nature.

Son visage était encadré par une chevelure sombre et épaisse, tombant en mèches désordonnées autour de son visage. Ses traits étaient marqués par le soleil et le vent, témoignant d'une vie passée en plein air, loin des conforts de la civilisation moderne.

Malgré son apparence robuste et sauvage, il émanait de lui une aura de calme et de sérénité, comme s'il était en parfaite harmonie avec son environnement. Ses yeux noirs en forme d'amandes brillaient d'une lueur curieuse et attentive et me rappelaient toujours ce fameux touareg et nomade croisé dans ces mondes parallèles du passé. Il observait chaque détail de mon apparence et de mon comportement avec une intensité presque déconcertante.

En dépit de nos différences culturelles et linguistiques, je sentais que nous partagions un langage commun, celui de la compréhension tacite et du respect mutuel. Bien que nous soyons séparés par des millénaires de civilisation et d'évolution, nous étions tous deux des enfants de la Terre, unis par le lien indéfectible qui nous relie tous en tant qu'habitants de cette planète.

Je me sentis profondément touché par la présence de cet indigène, réalisant que notre rencontre était bien plus qu'une simple coïncidence, mais plutôt un moment de connexion profonde avec les forces mystérieuses qui gravitaient autour de mon univers.

" Comprenez vous mon langage" lui dis-je avec une intention calme et douce, pour ne pas l'effrayer.

"Oui , ton langage ne met pas étranger" il répondit très naturellement.

Surpris par sa réponse je suis rentré dans le vif du sujet très rapidement:

"Nous nous connaissons j'en suis convaincu. Nous nous sommes croisés dans les dunes de sable et dans les montagnes glacées, votre apparence est variable mais votre âme reste inchangée, je sais que c'est vous.

_Je vois que tu comprends vite Sauveur!

_Mais qui êtes vous vraiment?

_ça se serait bien trop facile que je te le dise et ça ne te serait d'aucune utilité de le découvrir de la sorte. Je vois que tu as été bien plus prudent sur ta deuxième chance ici.

J'eus un temps de silence et lui rétorqua:

"Vous êtes responsable de ma chute et du reste.

_Tu es et tu demeures le seul responsable de tes déboires, je ne sais pas faire le mal , si tu me fais confiance je te propose de me suivre sinon tu es libre de repartir de là où tu es venus".

Son charisme le rendait insaisissable. Le doute m'envahit , Je pensais fortement qu'il était lié aux mésaventures que j'avais vécus. j'eus une pensée pour Maria , l'amour qui en émergeait se tenait toujours au-delà de tout. Je me souvenais que la force de ses mots dans la lettre me poussait à prendre des choix sans en avoir, ni la culpabilité, ni le regret par la suite.

"Alors que fais-tu ? Tu as choisi? " Me lança l'homme aux apparences multiples.

il m'observait avec une patience tranquille, attendant ma décision avec un calme olympien. Ses paroles résonnaient dans l'air, chargées de sous-entendus et de mystères, faisant naître en moi une multitude de questions sans réponse. Mon esprit était en ébullition, cherchant désespérément à démêler les fils de cette intrigue complexe. Je sentais le poids de la responsabilité peser sur mes épaules, la décision que je prendrais en cet instant pouvant changer le cours de ma vie à jamais. D'un côté, il y avait la tentation de suivre cet homme énigmatique, d'explorer les secrets qu'il semblait détenir et de découvrir la vérité cachée derrière les événements étranges qui avaient jalonné mon parcours. Mais d'un autre côté, il y avait la prudence et la méfiance, la crainte de me retrouver une fois de plus piégé dans un jeu de forces que je ne comprenais pas.

"Où allons-nous si je vous suit?

_je voudrais te présenter à un ami.

_Qui est cet ami ?" demandai-je avec nervosité.

L'homme aux yeux noirs sourit en réponse à ma question, mais son expression restait énigmatique.

"C'est quelqu'un qui pourrait t'aider à trouver les réponses que tu cherches", répondit-il simplement. "Il a une sagesse ancienne et une connaissance profonde des mystères de ce monde. Je pense que sa vision pourrait t'être précieuse dans ta quête de vérité."

Je sentis un frisson d'anticipation me parcourir à la surface de ma peau à l'idée de rencontrer ce mystérieux ami. Bien que je ne savais pas à quoi m'attendre, j'étais prêt à suivre cet homme dans l'espoir de découvrir des réponses à mes questions les plus pressantes.

"Je suis prêt à te suivre", déclarai-je avec détermination. "Montre-moi le chemin vers cet ami dont tu parles. Je suis prêt à découvrir ce qu'il a à m'offrir."

Alors que nous nous enfoncions dans la forêt dense, j'avais gardé ce réflexe de continuer à graver certains arbres au passage.

"Ce n'est pas utile tu es dans mon royaume ici et quand il sera nécessaire je te conduirais à ta demeure." Dit-il

" je préfère continuer si cela ne vous offense pas" J'objectais.

"Fais ce qu'il te semble bon même si je pense que ce n'est pas utile." Il conclut.

Son influence avait beau être grandiose , discrètement j'ai continué.

Nous sommes arrivés dans un lieux qui pour les personnes vivant dans l'origine de mon monde était à mille lieux de pouvoir exister. La vision des habitats nichés dans les arbres suscitait en moi un mélange d'émerveillement et de fascination. Jamais je n'aurais imaginé qu'une telle communauté puisse exister, vivant en harmonie avec la nature et les éléments qui les entouraient. Je me sentais privilégié d'avoir l'opportunité de découvrir ce monde divin.

Les habitats suspendus étaient des structures fascinantes, intégrées de manière harmonieuse à l'environnement naturel de la forêt. Ils étaient construits à partir de matériaux disponibles localement, tels que des branches, des feuilles, des fibres végétales et des écorces d'arbres, ce qui leur donnait un aspect organique et en harmonie avec la nature environnante.

Chaque habitat était unique, reflétant le caractère et les besoins de ses habitants, tout en étant conçu pour s'intégrer parfaitement à l'arbre qui le supportait. Certains étaient perchés haut dans les cimes des arbres les plus anciens, offrant une vue panoramique sur la canopée verdoyante de la forêt. D'autres étaient nichés plus près du sol, dissimulés parmi les branches plus denses et les feuillages épais, offrant une protection supplémentaire contre les éléments et les prédateurs.

Les intérieurs des habitats étaient tout aussi impressionnants que leurs extérieurs, bien que plus modestes en taille. Ils étaient agencés de manière efficace pour maximiser l'espace disponible, avec des zones dédiées à la cuisine, au repos, à la méditation et aux rassemblements communautaires. Des étagères rudimentaires étaient fixées aux murs pour ranger les objets personnels, tandis que des nattes tissées à la main étaient disposées sur le sol pour servir de sièges et de lits. Dans l'ensemble, les habitats suspendus représentaient un mariage harmonieux entre l'homme et la nature, offrant un refuge sûr et confortable au cœur de la forêt sauvage. Ils étaient le témoignage de la capacité de l'homme à s'adapter et à prospérer dans des environnements les plus inhospitaliers. De la sagesse ancestrale transmise de génération en génération pour vivre en harmonie avec ce monde qui semblait hors du temps. L'homme aux yeux noirs me guida habilement à travers les branches et les feuillages, nous conduisant vers l'un des habitats les plus imposants. Lorsque nous arrivâmes à destination, je fus accueilli par une atmosphère où régnait un sentiment d'osmose. "Nous sommes arrivés", déclara mon guide d'une voix confiante. "Prépare-toi à rencontrer notre hôte." Je pris une profonde inspiration pour me calmer, puis suivis l'homme à travers l'entrée de l'habitat suspendu. À l'intérieur, je fus accueilli par une scène étonnante : des lumières douces et tamisées simplement créées par de stratégiques minuscules ouvertures laissant entrer la lumière naturelle extérieure. Au centre de la pièce, un feu brûlait dans une pierre creusée comme une vasque. La fumée fusionnait avec les rayons de lumières rendant le tout bleuâtre. Dès que j'aperçus l'hôte, l'évidence touchait mon esprit, c'était un chaman.

Une figure emblématique au sein de la communauté des habitants de la forêt, se tenait au centre de l'habitat le plus grand et le plus impressionnant. Son apparence était à la fois imposante et mystérieuse, ses vêtements ornés de symboles ésotériques et de parures rituelles, témoignant de son statut de guide spirituel et de guérisseur.

Son visage était marqué par les années et les épreuves, mais ses yeux brillaient d'une sagesse intemporelle et d'une force intérieure indomptable.

Sa présence seule dégageait un sentiment de respect et de vénération, sa voix résonnant avec une autorité calme et rassurante.

Autour de lui, des objets rituels étaient disposés avec soin, des tambours en peau tendue, des bols chantants en métal, des herbes aromatiques et des plantes médicinales, témoignant de sa maîtrise des arts ancestraux de la guérison et de la divination. Le chaman était vêtu de tenues ornées de plumes colorées, de perles et de tissus brodés, chaque élément ayant sa propre signification symbolique dans la tradition spirituelle de la communauté. Des colliers de dents d'animaux, des bracelets en os et des pendentifs en pierre ornaient son corps, conférant une aura de puissance et de connexion avec les forces de la nature.

À ses côtés se tenait un assistant, un disciple dévoué chargé d'assister le chaman dans ses rituels et ses cérémonies. Son visage était empreint de dévotion et de respect envers son mentor, sa posture empreinte de solennité et d'humilité.

Ensemble, le chaman et son disciple formaient un duo puissant, unissant leurs forces et leurs connaissances pour servir la communauté et maintenir l'harmonie entre les mondes visible et invisible. Leur présence était une source de réconfort et d'inspiration pour tous ceux qui les approchaient, témoignant de la profondeur de la sagesse ancienne et de la magie qui habitaient les profondeurs de la forêt.

Mauvais retour à la réalité

Le chaman accueillit mon arrivée avec une expression sereine, comme s'il avait déjà prévu notre rencontre. Ses yeux scrutèrent les miens avec une intensité qui semblait sonder les profondeurs de mon âme, comme s'il lisait en moi comme dans un livre ouvert.

"Tu as franchi des obstacles pour arriver jusqu'à nous", déclara-t-il d'une voix grave mais douce. "Cela montre ta détermination et ta volonté d'apprendre."

Je me sentis submergé par un mélange d'émotions : de l'appréhension face à l'inconnu, de l'excitation devant la perspective de découvrir de nouvelles vérités, et surtout, un profond respect envers cet homme sage qui semblait posséder les clés de l'univers.

"Je suis honoré de me tenir devant vous, grand homme", répondis-je avec respect. "Si je suis ici, c'est pour trouver des réponses et des conseils, sur toute cette ignorance qui erre devant moi."

Le chaman inclina légèrement la tête en signe d'approbation.

"Tu as déjà parcouru un long chemin, mais le voyage ne fait que commencer", dit-il.

"Il y a des leçons à apprendre, des défis à surmonter, et des vérités à découvrir. Mais n'aie crainte, car tu n'es pas seul. Nous sommes ici pour te guider, pour t'enseigner les secrets de la nature et les mystères de ton monde."

Je sentis un poids se soulever de mes épaules, une sensation de soulagement mêlée d'anticipation.

Savoir que j'avais des guides et des mentors pour m'accompagner dans mon voyage me donna une nouvelle confiance en moi, une détermination renouvelée.

"Je suis prêt", déclarai-je avec conviction.

"Prêt à apprendre, à grandir, et à découvrir ma
véritable destinée."

Le chaman sourit, un sourire empreint de sagesse et
de bienveillance.

"Alors que le voyage continue, que la sagesse te guide
et que la magie t'entoure", dit-il avec un geste de la
main.

"Que ton cœur reste ouvert et que ton esprit reste
alerte, car les réponses que tu cherches peuvent se
trouver là où tu t'y attends le moins."

Avec ces paroles comme guide, je me sentis prêt à
embrasser l'inconnu.

Il fit un appel à tous les indigènes de sa communauté
perchée. Dans le silence profond de la forêt, la
communauté s'était rassemblée autour de l'habitat
du chaman, leurs cœurs battant au rythme de la
nature qui les entourait. Les branches des grands
arbres s'étiraient vers le ciel, leurs feuilles bruissaient
doucement dans la brise, tandis que le soleil filtrait à
travers le feuillage, créant des jeux de lumière et
d'ombre sur le sol de la clairière. Le chaman se tenait
au centre de l'habitat, vêtu de ses ornements rituels
et de ses parures sacrées, son regard sage et profond

plongeant dans les âmes de ceux qui l'entouraient. Il éleva ses bras vers le ciel, invoquant les esprits de la forêt avec des chants anciens et des prières murmurées dans une langue oubliée depuis longtemps. Les membres de la communauté se préparèrent pour la cérémonie, se purifiant avec de l'eau claire des rivières et des sources sacrées, se parant de colliers de perles et de plumes colorées en signe de respect pour les esprits de la nature. Le chaman ravivait le feu dans la vasque au centre de l'habitat, ses flammes dansant joyeusement dans l'air, illuminant mon visage d'une lueur chaleureuse et réconfortante. Il prépara ensuite un mélange spécial d'herbes et de résines, créant un encens puissant qui emplit l'air de son parfum envoûtant, purifiant l'espace et ouvrant les portes vers les mondes invisibles. Puis vint le moment de l'initiation, le chaman m'invita m'approcher du feu sacré, m'offrant une coupe de thé sombre préparé à partir de plantes mystiques récoltées dans les profondeurs de la forêt. Je bus lentement, sentant les effets apaisants du thé se répandre dans tout mon être, m'entraînant dans un état de conscience altéré.

Pendant ce temps, le chaman commença à jouer de ses instruments sacrés, remplissant l'air de mélodies envoûtantes qui me transportèrent dans un état de transe. Les sons des tambours et des flûtes résonnèrent dans l'habitat, créant une symphonie qui accompagna mon voyage spirituel. Autour de la cabane , les indigènes imitèrent des sons et des cris d'animaux rendant l'osmose envoûtante comme si je rentrais dans l'au-delà.

Alors que la cérémonie atteignit son apogée, je me sentis transporté vers des dimensions supérieures, où les secrets de ma conscience me furent révélés dans toute leur splendeur. Mon corps inerte était comme en lévitation. J'étais pris de visions m'éloignant du monde dans lequel j'étais et me rapprochant de ma véritable réalité. Ma conscience fut plongée dans ce monde terrien, où mon quotidien était empreint d'une monotonie oppressante. Où le travail, la consommation et le manque de temps régnaient en maîtres. Chaque jour commençait par le bruit strident du réveil, me rappelant cruellement que j'étais prisonnier d'une routine dont je ne voyais pas la fin. Je me levais, fatigué et résigné, prêt à affronter une nouvelle journée dans ce labyrinthe urbain où les rêves semblaient se perdre dans le tourbillon de l'existence moderne. Au travail, je me noyais dans un océan de tâches sans fin, jonglant entre les exigences du patron, les délais serrés et les réunions interminables. Chaque minute était minutieusement planifiée, chaque seconde était comptée, dans une course effrénée vers des objectifs que je ne comprenais même pas vraiment. Les journées s'étiraient à l'infini, semblant se répéter inlassablement, comme un disque rayé qui refusait de passer à la chanson suivante. En dehors du travail, la vie n'était guère plus réconfortante. Les rues grouillaient de gens pressés, courant d'un endroit à l'autre dans une quête perpétuelle de satisfaction et de distraction. Les magasins débordaient de produits tentants, promettant un bonheur éphémère à quiconque aurait les moyens de les acheter. La publicité assaillait mes sens, m'incitant à consommer toujours plus, à posséder toujours plus, dans une spirale infernale de désir insatiable. Le manque de temps était devenu une constante de ma vie, une réalité oppressante qui pesait sur mes épaules comme un fardeau insupportable. Entre le travail, les courses, les obligations familiales et sociales, il ne me restait que peu de moments pour moi-même, pour respirer, pour réfléchir, pour simplement exister. Chaque minute libre était aussitôt comblée par les exigences du quotidien, laissant peu de place à la contemplation ou à la créativité. Et puis il y avait les informations, une avalanche incessante de nouvelles et de données qui déferlaient sur moi à chaque instant. Les médias sociaux étaient devenus une arène où la vérité se mêlait à la désinformation, où la réalité se perdait dans un océan de clics et de likes. Chaque jour apportait son lot de crises et de scandales, alimentant ma frustration et mon anxiété, me laissant souvent désemparé face à l'ampleur des défis qui nous attendaient. Dans ce monde terrien, ma vie semblait être une série de moments volés, une succession de tâches à accomplir et de problèmes à résoudre. Chaque jour était une lutte pour survivre, pour trouver un sens à cette existence qui semblait si dénuée de sens. Et pourtant, au fond de moi, je savais qu'il devait y avoir plus, qu'il devait y avoir une vérité plus profonde qui attendait d'être découverte. Dans cette vision, les conflits du monde résonnaient comme un écho assourdissant de la condition humaine, une tragédie sans fin qui se jouait sur la scène mondiale. Chaque jour, les médias relayaient des histoires de violence, d'injustice et de souffrance, comme autant de témoignages poignants de la fragilité de notre humanité. Les guerres faisaient rage dans des contrées lointaines, des pays déchirés par des décennies de conflits sans fin. Des images de destruction et de désolation envahissaient nos écrans, nous rappelant la cruauté de la guerre et ses conséquences dévastatrices pour les populations civiles. Des millions de personnes étaient déplacées, privées de leur foyer et de leur dignité, condamnées à errer dans un monde hostile où la vie n'avait plus de valeur. Les tensions géopolitiques alimentaient les conflits à travers le monde, des rivalités ancestrales aux luttes pour le contrôle des ressources naturelles et des territoires stratégiques. Les grandes puissances se livraient à des jeux de pouvoir impitoyables, sacrifiant la paix et la stabilité sur l'autel de leurs intérêts nationaux. Les diplomates parlaient de paix et de réconciliation, mais dans les coulisses, les machinations politiques et les alliances fragiles menaçaient à tout moment de s'effondrer dans un chaos incontrôlable.

Les conflits religieux déchiraient également le tissu social de nombreuses sociétés, opposant des croyances et des valeurs souvent irréconciliables. Les extrémistes religieux semaient la terreur et la division, justifiant leurs actes barbares au nom d'une cause supposément divine. Les minorités religieuses étaient persécutées, leurs lieux de culte profanés, leur liberté de conscience bafouée au nom d'une idéologie fanatique et intolérante.

Et puis il y avait les conflits sociaux, les luttes pour l'égalité, la justice et les droits de l'homme qui secouaient les fondations mêmes de nos sociétés. Les manifestations éclataient dans les rues, les voix des opprimés se faisaient entendre, réclamant un changement radical dans l'ordre établi. Mais trop souvent, ces appels à la justice étaient étouffés dans l'indifférence ou réprimés dans la violence, laissant les plus vulnérables à la merci d'un système qui les opprimait et les exploitait.

Dans cette vision sombre des conflits mondiaux, je me sentais impuissant, dépassé par l'ampleur des défis qui nous attendaient.

Mes visions ont pris un coup de grâce, la santé humaine était mise en lumière, exposant les conséquences dévastatrices de la pollution, des maladies incurables et des pandémies. La pollution, omniprésente dans notre environnement, empoisonnait l'air que nous respirions, l'eau que nous buvions et la terre sur laquelle nous vivions. Les usines crachaient des nuages de fumée toxique dans le ciel, les véhicules déversaient des gaz d'échappement nocifs dans l'atmosphère, et les déchets industriels se propageaient dans les cours d'eau, contaminant les écosystèmes fragiles et menaçant la santé de millions de personnes. Les maladies incurables, telles que le cancer, le sida et d'autres affections dévastatrices, faisaient des ravages dans les populations du monde entier, privant les individus de leur santé, de leur dignité et de leur espoir. Malgré les progrès de la médecine moderne, ces maladies restaient souvent hors de portée des traitements efficaces, laissant les patients et leurs proches confrontés à une lutte désespérée contre un ennemi invisible et implacable.

Et puis il y avait les pandémies, ces fléaux qui se propageaient à travers le monde à une vitesse alarmante, défiant les frontières nationales et mettant à genoux les systèmes de santé les plus avancés. Des virus mortels se propageaient comme une traînée de poudre, infectant des millions de personnes et semant la panique et la désolation partout où ils passaient. Les hôpitaux débordaient de patients, les médecins et les infirmières luttaient héroïquement contre un ennemi invisible, risquant leur propre vie pour sauver celles des autres.

Dans cette vision sombre de la santé humaine, je me sentais submergé par le sentiment d'impuissance, confronté à la fragilité de notre existence et à la réalité cruelle de nos propres limites.

Un pas lucide

Mon corps convulsait encore légèrement mon état de transe s'amoindrit et mes dernières visions se focalisaient sur l'amour.

Dans cet océan de tourments et de défis, l'amour brillait comme un phare dans l'obscurité, offrant un réconfort et une force inébranlables face aux violences existentielles du monde.

C'était dans les moments les plus sombres, lorsque la souffrance et la douleur semblaient insurmontables, que l'amour se révélait le plus puissant. Dans les gestes simples de gentillesse et de compassion, dans les mots doux de réconfort et d'encouragement, dans les étreintes chaleureuses et réconfortantes, l'amour apportait la lumière là où il n'y avait que ténèbres.

Malgré les conflits qui déchiraient le monde, malgré les maladies qui ravageaient les corps et les esprits, malgré la destruction de l'environnement et les menaces qui pesaient sur notre avenir, l'amour persistait, inébranlable et indomptable. Il se manifestait dans les liens indestructibles qui unissaient les familles, dans les amitiés fidèles qui transcendaient les frontières, dans les actes désintéressés de générosité et de solidarité qui défiaient les forces de la haine et de la division. C'était dans l'amour que je trouvais ma force, ma détermination à continuer à me battre pour un monde meilleur, où la compassion et l'empathie l'emporteraient sur la peur et l'indifférence. C'était dans l'amour que je trouvais mon refuge, mon havre de paix au milieu de la tempête, où je pouvais trouver du réconfort et du soutien même dans les moments les plus difficiles.

Et c'était dans l'amour que je trouvais mon espoir, une foi inébranlable en un avenir où la bonté et la bienveillance régneraient en maîtres, où chaque être humain serait traité avec dignité et respect, où notre planète serait préservée et protégée pour les générations futures.

Alors que je contemplais les défis qui se dressaient devant moi, je savais que tant que l'amour serait présent dans nos cœurs, J'aurais la force de surmonter toutes les épreuves et de bâtir un avenir meilleur pour tous. Et c'était là, dans cette certitude profonde, que je trouvais ma paix et ma sérénité, prêt à affronter l'avenir avec courage et détermination, soutenu par la puissance inépuisable de l'amour.

Alors que je reprenais lentement conscience dans ce monde parallèle, je me retrouvais. Dans un geste empreint de sollicitude, l'assistant au chaman me dit: "Positionne tes mains en forme de cuvette, je vais te verser une eau sacré que tu vas boire et te rincer le visage."

L'esprit encore en demi-sommeil je mettais en œuvre sa demande.

Il versa entre mes mains une eau limpide prélevée directement dans les sources sacrées de la forêt. Cette eau de source des profondeurs de la nature était censée m'aider à retrouver pleinement ma conscience, à me reconnecter au monde de la caravane magique après ce voyage cosmique.

J'ai pris lentement entre mes mains tremblantes de l'eau fraîche et pure. À mesure que le liquide coulait dans ma gorge, je sentais ses bienfaits se propager dans tout mon être, dissipant peu à peu le brouillard qui obscurcissait mon esprit. Chaque gorgée était comme un baume pour mon âme, me ramenant progressivement au seuil de mon hôte.

Les sons de la forêt, les murmures du vent dans les arbres, le chant des oiseaux, tout cela semblait prendre une nouvelle dimension alors que je prenais contact avec mon environnement. Les couleurs étaient plus vives, les textures plus nettes, chaque détail de la nature vibrait avec une intensité renouvelée.

Je fermai les yeux un instant, laissant les sensations m'envahir, m'imprégner de la beauté et de la sérénité qui m'entouraient. Je sentais mon esprit s'éclaircir, mes pensées se stabilisent, comme si j'étais sur le point de faire une nouvelle découverte dans ma quête de vérité et de connaissance.

Lorsque j'ouvris à nouveau les yeux, le disciple du chaman me regardait avec bienveillance, un léger sourire aux lèvres. Je lui adressai un signe de tête reconnaissant, sachant que j'avais beaucoup à réfléchir et à intégrer après cette expérience profonde et transformatrice.

Ainsi rafraîchi et recentré, je me préparais à affronter les défis et les opportunités qui m'attendaient, prêt à poursuivre ma quête de vérité et de croissance personnelle avec une nouvelle vigueur et une nouvelle détermination.

Le chaman me dit: " alors tu as les réponses que tu cherchais

_ Le brouillard est en train de se lever " lui dis-je

À ces mots du chaman, je sentis une vague de gratitude et de compréhension m'envahir. Bien que toutes les réponses à mes questions n'aient pas été clairement révélées, je réalise que le voyage que j'avais entrepris m'avait apporté une perspective nouvelle et enrichissante sur ma propre existence. Mon cœur empli d'un mélange d'émotions.

"Je sens que j'ai fait un pas de plus vers la compréhension de moi-même et du monde qui m'entoure. Je sais que le chemin de la connaissance est sans fin, mais je suis reconnaissant pour chaque révélation et chaque leçon que j'ai reçue aujourd'hui." dis-je en souriant

Le chaman hocha lentement la tête, semblant comprendre mes paroles au-delà des mots eux-mêmes. Dans ses yeux, je vis une sagesse ancienne et profonde, une compassion pour mon cheminement personnel.

"Continue sur ton chemin, jeune voyageur", dit-il "La quête de vérité est un voyage sans fin, mais c'est dans la recherche que se trouve la vraie richesse de l'existence. N'oublie jamais que tu es plus fort que tu ne le crois et que les réponses que tu cherches sont déjà en toi."

Ces paroles résonnèrent en moi, me donnant courage pour poursuivre ma quête avec confiance et assurance. Je remerciais humblement le chaman et son disciple pour leur guidance et leur soutien, sachant que je porterais toujours avec moi les enseignements précieux que j'avais reçus ce jour-là.

Ainsi, avec un cœur léger et une âme enrichie, je pris congé du maître des indigènes et de son disciple, prêt à embrasser l'avenir avec une nouvelle perspective et une nouvelle force intérieure. Ma quête de vérité et de sens se poursuivrait, alimentée par la sagesse ancienne de ceux qui veillaient sur les mystères de la forêt.

J'avais repris pleinement ma conscience , l'homme aux yeux noirs en amandes me dit:

"Veux-tu que je te ramène à la caravane?"

Je le regardai avec gratitude, reconnaissant pour tout ce qu'il m'avait apporté lors de notre rencontre. Malgré le lien profond que j'avais développé avec lui, je savais que mon chemin devait maintenant me ramener à ma propre réalité.

"Oui, je veux retourner à ma caravane, mais je n'ai pas besoin que vous m'accompagnez, je sais où elle est désormais." répondis-je.

"C'est là que je dois reprendre mon voyage, avec les leçons que j'ai apprises et les expériences que j'ai vécues."

L'homme aux yeux noirs hocha la tête en signe de compréhension, semblant lire mes pensées sans que je les exprime. Il me fit signe de pouvoir me retirer, et je me suis mis en chemin vers la caravane, traversant les sentiers familiers de la forêt. je n'avais même pas la nécessité de retrouver mon marquage.

Alors que je m' approchais de ma destination, je sentis un mélange de tristesse et d'anticipation m'envahir. Mon voyage avec la forêt et ces habitants avait été une aventure extraordinaire, mais il était temps pour moi de revenir à ma vie quotidienne, armé de nouvelles perspectives et de nouvelles connaissances.

Je me suis agrippé à l'échelle et j'ai entrepris mon ascension, je suis rentré dans la caravane , j'ai pris soin de refermer à clé derrière moi , j'ai rapidement gravé les traits manquant sur la cloison et je réalisais que ça faisait maintenant une semaine que j'avais immergé ce pèlerinage , je me suis assis devant la machine à écrire avec le sentiment du devoir déverser l'encre de mes veines. Le claquement familier de la porte se refermant derrière moi résonna dans l'espace confiné de la caravane, m'isolant une fois de plus de l'extérieur. Le silence qui s'ensuivit était presque palpable, brisé seulement par le doux grincement de la plume de la machine à écrire sur le papier.

Je pris une profonde inspiration, laissant mes doigts retrouver leur chemin familier sur le clavier usé.

Chaque touche enfoncée était comme une invitation à plonger dans les profondeurs de mon âme, à libérer les pensées et les émotions qui brûlaient à l'intérieur de moi.

Les mots coulaient librement maintenant, une cascade d'encre noire déversée sur la page blanche. Chaque phrase, chaque paragraphe était un pas de plus vers la compréhension de moi-même, un moyen de donner un sens à toutes les épreuves que j'avais traversées.

Je me suis replongé dans mes souvenirs, laissant les images de mon voyage avec le chaman danser devant mes yeux intérieurs. Chaque détail était gravé dans ma mémoire, chaque moment était une pierre angulaire dans la construction de mon propre chemin vers la vérité.

Alors que les heures s'écoulaient et que la nuit enveloppait la caravane de son manteau sombre, je me suis retrouvé immergé dans un état de transe, laissant les mots guider ma plume avec une force irrésistible. Les pensées qui avaient tourbillonné dans mon esprit depuis des jours trouvaient enfin leur expression sur le papier, prenant vie sous la forme de phrases et de paragraphes ciselés avec soin. Je ne sais pas combien de temps je suis resté là, perdu dans le labyrinthe de mon propre esprit, mais quand j'ai finalement relevé la tête, j'ai réalisé que le jour se levait à l'horizon. Les premiers rayons du soleil perçaient à travers les rideaux de la caravane, apportant avec eux une lueur d'espoir et de renouveau.

Je me suis levé de ma chaise, sentant mes muscles endoloris protester après de longues heures d'immobilité. Avec un dernier regard vers la machine à écrire, j'ai senti un sentiment de satisfaction m'envahir. Les mots que j'avais couchés sur le papier étaient plus qu'une simple histoire, ils étaient le reflet de mon âme, une ode à la découverte de soi et à la résilience humaine.

Refermant soigneusement le couvercle de la machine à écrire, j'ai senti un poids se soulever de mes épaules. Mon voyage était loin d'être terminé, mais je savais maintenant que peu importe les défis qui m'attendaient, j'avais les outils nécessaires pour les affronter.

La force de l'union

Le sentiment de calme et de clarté qui m'envahissait était étrangement réconfortant, comme si j'avais enfin trouvé un semblant de paix intérieure après des jours d'agitation mentale. J'avais l'impression d'avoir fait un pas de géant dans ma quête de vérité, et pour la première fois depuis longtemps, je me sentais en phase avec moi-même et avec le monde qui m'entourait.

Pourtant, malgré ce sentiment de sérénité, une légère pointe d'appréhension persistait au fond de mon esprit. Je savais que mon voyage était loin d'être terminé. Au lieu de me remplir de crainte, cette perspective m'inspirait un sentiment d'excitation et de curiosité. La fatigue de la nuit précédente avait disparu, remplacée par une vigueur renouvelée qui me poussait à avancer.

Je m'apprêtais à ouvrir la porte pour découvrir un nouveau monde que l'on toqua avec insistance. Le bruit des coups résonna dans le silence matinal, brisant la quiétude de l'aube naissante. Intrigué par cette interruption inattendue, je me figeai sur le pas de la porte, mes doigts effleurant déjà la poignée de la caravane. Qui pouvait bien venir me déranger à une heure aussi matinale ?

Avec prudence, j'avançais vers la porte et l'entrouvris légèrement, laissant filtrer un mince faisceau de lumière à travers l'interstice. À l'extérieur, se tenait une silhouette indistincte, à peine visible dans la pénombre de l'aube naissante. Le visiteur semblait agité, comme s'il était animé par une urgence pressante.

Hésitant un instant, je décidai finalement d'ouvrir complètement la porte, révélant ainsi l'identité de mon visiteur et la raison de son appel si matinal. je suis resté immobile et complètement abasourdis , ma fille se tenait là devant la porte et me dis:

"Papa vient on t'attends avec maman c'est l' heure de souper" , sans un mot je suis sorti de la caravane j'ai fais quelques pas en avant et me suis retourné , la vieille caravane était là au fond de mon jardin avec une tôle rouillée sur le toit pour la protéger des intempéries.

Ce retour à la réalité était à la fois réconfortant et déconcertant. Les derniers jours, imprégnés de mystère et d'aventure, semblaient maintenant lointains alors que je me retrouvais face à ma vie quotidienne. La silhouette familière de ma fille me ramenait à la routine de la maison, mais mon esprit était encore imprégné des révélations et des expériences du voyage chamanique.

Sans un mot, j'ai suivi ma fille vers la maison, mon esprit tourbillonnant de questions et de réflexions. La caravane, maintenant paisiblement endormie dans le jardin, semblait presque hors de propos, comme un vestige d'un autre monde.

Pendant le dîner, mon esprit vagabondait entre la réalité terrestre et les visions cosmiques du chamanisme. Les discussions sur la table semblaient lointaines alors que je me perdais dans mes pensées, revivant les moments forts de mon voyage intérieur. Malgré les défis de la vie quotidienne, une lueur d'espoir brillait dans mon cœur, alimentée par les enseignements du chaman et les révélations de mon propre subconscient. Je savais que même dans les moments les plus sombres, l'amour et la compréhension étaient les clés pour surmonter les épreuves de la vie. Moi qui croyait au lever du soleil , il était l'heure du coucher , j'étais désorienté.

Le temps semblait s'être écoulé de manière étrange, comme si j'avais été transporté dans un autre univers où les règles de la réalité étaient différentes. Le changement entre la lumière du jour et l'obscurité de la nuit avait été imperceptible, me laissant dans un état de confusion et de désorientation.

Alors que je me retrouvais face à la nuit étoilée, je sentais une étrange sensation de décalage temporel, comme si j'avais été plongé dans un rêve éveillé où les repères habituels avaient perdu toute signification. Chaque instant semblait à la fois infiniment long et incroyablement bref, comme si le temps lui-même était devenu élastique et malléable. Pourtant, malgré cette désorientation, une partie de moi était curieusement calme, comme si j'avais été enveloppé par une force invisible qui me protégeait de l'incertitude et du doute. Peut-être que le voyage chamanique avait laissé une empreinte plus profonde sur mon esprit que je ne le réalisais, me laissant dans un état de tranquillité et de paix intérieure même face à l'inconnu.

Alors que je contemplais le ciel nocturne, je sentais une étrange connexion avec les étoiles, comme si elles étaient les gardiennes silencieuses de tous les mystères de l'univers. Dans leur éclat lointain, je trouvais un réconfort, une certitude que peu importe à quel point le monde pouvait sembler étrange et déroutant, il y avait toujours un ordre caché dans le chaos, une lumière dans l'obscurité.

" Allez viens manger, j'ai cuisiné toute l'après -midi " me dit Maria.

Le son familier de la voix de Maria m'a ramené à la réalité, rompant le charme hypnotique de la nuit étoilée. J'ai pivoté pour la regarder, mon regard se remplissant de reconnaissance et d'amour pour cette femme qui partageait ma vie, malgré toutes les vicissitudes et les mystères qui l'accompagnaient.

"J'arrive, Maria", ai-je répondu, un sourire se dessinant sur mes lèvres alors que je me dirigeais vers elle. Son invitation à partager le repas qu'elle avait préparé avec tant de soin résonnait dans mon cœur, me rappelant les petits bonheurs simples de la vie quotidienne.

En entrant dans la chaleur réconfortante de notre maison, j'ai été enveloppé par les délicieux arômes qui flottaient dans l'air, révélant les efforts patients et aimants de Maria en cuisine. L'odeur familière de ses plats préférés a éveillé en moi un sentiment de nostalgie et de gratitude, me rappelant les nombreux repas partagés et les moments de complicité que nous avions partagés ensemble.

Assis à la table, j'ai contemplé le festin devant moi, chaque plat était un témoignage de l'amour et du dévouement de Maria envers notre famille. Chaque bouchée était un cadeau, un rappel de la richesse de notre vie et de la chance que nous avions de nous avoir l'un l'autre.

"Alors tu as bien écrit" me dit-elle avec son visage radieux.

Son regard pétillant de curiosité et de bienveillance m'a enveloppé alors qu'elle attendait ma réponse. Je lui ai souri, reconnaissant pour sa présence réconfortante et son soutien inconditionnel.

"Oui, j'ai bien écrit", ai-je répondu, sentant un frisson d'excitation me parcourir. "C'était comme si les mots coulaient de moi, guidés par une force invisible mais puissante."

Maria m'a serré la main doucement, un sourire tendre illuminant son visage.

"Je suis tellement fière de toi", a-t-elle dit, ses yeux brillant d'admiration.

"Tu as traversé tant d'épreuves et tu es toujours resté fidèle à toi-même. C'est ce qui fait de toi un écrivain si spécial."

Sa confiance en moi a renforcé ma détermination, me rappelant que peu importe les obstacles qui se dressaient sur mon chemin, j'avais le pouvoir de les surmonter avec grâce et courage. Avec Maria à mes côtés, je me sentais invincible, prêt à affronter tous les défis que l'avenir pourrait me réserver.

"Merci, Maria", lui ai-je dit, mes mots chargés de gratitude et d'amour.

"C'est grâce à toi que je suis là où je suis aujourd'hui. Tu es ma muse, mon inspiration, ma force."

Elle m'a souri doucement, ses yeux brillant d'une lueur douce et réconfortante.

"Et toi, mon amour, tu es ma lumière dans l'obscurité, ma source de joie et de bonheur", a-t-elle dit, ses mots emplis d'une tendresse infinie.

Nous nous sommes regardés un instant, perdus dans le miracle de notre amour, avant de nous étreindre dans un élan de passion et de gratitude. Dans cet instant magique, je savais que peu importe ce que l'avenir nous réservait, tant que nous étions ensemble, nous serions capables de surmonter tous les défis.

"Tu sais je me suis drôlement évadé en écrivant dans la caravane" lui dis-je revenant doucement à la réalité de notre quotidien. Maria m'a regardé avec attention, un sourire bienveillant aux lèvres.

"C'est merveilleux de voir à quel point l'écriture peut être libératrice", a-t-elle répondu.

"Cela te permet de t'évader et d'explorer des mondes intérieurs que tu n'aurais peut-être pas découverts autrement."

J'ai acquiescé, me remémorant les profondeurs de réflexion auxquelles l'écriture m'avait mené.

"C'est exactement ça", ai-je confirmé. "

C'était comme si les mots étaient une clé qui ouvrait les portes de mon imagination, me permettant de voyager à travers des univers insoupçonnés.

Son regard empli d'une douce compréhension. "Je suis tellement heureuse que tu aies trouvé cette échappatoire", a-t-elle dit. "Cela montre à quel point tu es fort et résilient, capable de transformer même les moments les plus sombres en sources de lumière et d'inspiration."

Je lui ai souri, reconnaissant pour son soutien inconditionnel. "Merci d'être toujours là pour moi", lui ai-je dit, mes mots empreints de gratitude sincère. "Crois tu que ce soir je puisse sous la nuit étoilé retourner tapoter quelques mots " demande ai-je.

Maria a souri, acquiesçant doucement. "Bien sûr, mon amour", dit-elle. "Si c'est ce dont tu as besoin pour te sentir bien, alors je t'encourage à le faire. Laisse tes pensées s'exprimer librement sous le ciel étoilé, et laisse ton cœur guider ta plume."

Je l'ai remerciée avec un sourire reconnaissant, sentant le poids de la journée s'alléger à l'idée de pouvoir retourner à ma caravane, ce sanctuaire où mes pensées pouvaient danser librement à travers les mots. Avec un sentiment de soulagement et d'anticipation, j'ai quitté la table et me suis dirigé vers la porte, prêt à me plonger à nouveau dans l'univers magique de l'écriture.

Alors que je marchais vers la caravane, la lueur des étoiles au-dessus de moi semblait briller avec une intensité particulière, comme si elles aussi attendaient avec impatience le moment où je reprendrais ma plume pour capturer leurs mystères dans les pages de mon journal. Animé par cette pensée, j'ai franchi la porte de la caravane et me suis installé devant la machine à écrire, prêt à laisser les mots couler comme les étoiles dans le ciel nocturne.

"Où en étais-je". Je m'interrogeais.

il y a toujours une finalité.

Je me sentais comme un voyageur revenant d'un monde lointain, tentant de retrouver le fil de mon récit dans ce labyrinthe des souvenirs. Les images de mon périple semblaient s'estomper lentement, comme des rêves fugaces s'évanouissant à l'aube. Pourtant, une partie de moi-même était encore captivée par la magie de cette expérience, désireuse de la revivre à travers les mots que j'écrirais ce soir-là.

Avec un soupir de détermination, j'ai plongé dans mon écriture, laissant les souvenirs et les émotions guider ma plume. Les phrases se sont formées lentement au début, puis ont pris de l'ampleur, s'enroulant autour de mes pensées comme des lianes dans une jungle dense. Chaque mot était une pierre dans le chemin de ma mémoire, une étape sur la voie du retour vers ce monde que j'avais quitté quelques heures auparavant.

Au fur et à mesure que les mots prenaient forme sur le papier, je sentais une connexion légère se renouer en moi, un lien entre le passé et le présent, entre l'homme que j'avais été et celui que j'étais devenu. C'était comme si l'acte même d'écrire était un rituel de transformation, me permettant de fusionner les fragments de mon expérience en une histoire cohérente, un récit de ma propre rédemption. Laissant mon esprit vagabonder à travers les méandres de mon imagination. Et tandis que les derniers mots tombaient sur la page, j'ai senti une incertitude. C'était comme être dans une gare et attendre le train qui était déjà parti. je regardais les jours se ressembler, un cycle monotone de réveil, travail, repas, sommeil. Les minutes s'écoulaient sans passion, sans élan, absorbées par les exigences de la vie moderne.

Dans ce tourbillon d'obligations et de responsabilités, mes rêves semblaient lointains, presque oubliés. Les mots qui avaient dansé si vivement dans mon esprit se perdaient dans le bruit de la routine, étouffés par les exigences du monde extérieur.

Pourtant, même au milieu de cette mer de trivialités, une flamme d'espoir brûlait toujours. Je me rappelais les leçons du pouvoir de la pensée, les visions qui avaient éclairé mon esprit, me rappelant que la magie était partout, même dans les moments les plus ordinaires de la vie. Il suffisait de regarder au-delà de la surface, de chercher la beauté cachée dans les détails apparemment insignifiants de la réalité quotidienne. Lorsque la routine menaçait de m'engloutir, je m'accrochais à cette étincelle de créativité, laissant mon esprit errer dans les recoins de mon imagination. Peut-être que dans les plis de la vie quotidienne, je trouverais l'inspiration pour écrire de nouveau, pour donner vie aux histoires qui attendaient patiemment d'être racontées.

Je m'étais installé devant la caravane, laissant mon regard errer dans l'obscurité, cherchant en vain à retrouver le fil ténu de mes pensées. Mais plus je tentais de me replonger dans cet état de transe créative, plus je réalisais à quel point j'étais éloigné de cette dimension alternative. Un sentiment d'impuissance m'envahissait, comme si j'avais perdu le contrôle de ma propre existence, emporté par les flots tumultueux du temps et de l'espace. Dans cet état de décalage horaire mental, chaque seconde semblait durer une éternité, chaque pensée était comme une pierre lourde à porter. J'étais perdu entre deux mondes, incapable de retrouver le chemin de la réalité quotidienne. Assis là, dans l'herbe fraîche, j'avais l'impression d'être vulnérable, exposé aux forces invisibles qui gouvernaient ma vie. Je me sentais désorienté, perdu entre deux mondes, incapable de retrouver le chemin de la réalité quotidienne. J'étais frustré de ne pouvoir replonger dans le monde imaginaire de ma tête , ce long et merveilleux voyage à la rencontre de l'être , parasité par les méandres infligés par le superflus de l'humanité.

"L'amour est le pilier, la créativité est la toiture."

Ces paroles résonnaient dans mon esprit comme un mantra, une vérité universelle gravée dans les fondations de mon être. C'était un rappel constant de l'importance de cultiver l'amour et la créativité dans nos vies. C'était en ces lieux où je trouvais refuge, où je pouvais être pleinement moi-même, libre des contraintes du quotidien et des distractions de la modernité. Le tout décorait par le grand "A" de l'amour.

Ce léger voyage me permis de toucher du bout de mes doigts l'essentiel de mon existence et de me relier à la quête de ma vocation. Ces moments de réflexion et de découverte de soi sont précieux, car ils m'ont aidé à mieux comprendre qui je suis et ce que je pouvais accomplir dans la vie. Cette expérience dans la caravane a été comme une étincelle qui a ravivé ma passion et mon engagement envers mon propre itinéraire. Que cette prise de conscience continue à me guider dans mes choix et mes actions à venir.

Ce fut la FIN, mais probablement le début d'un nouveau voyage.

Petite note de l'auteur . J'espère avant tout que ce petit roman vous aura permis de passer un moment agréable. L'écriture de cette histoire a été relue et corrigée par moi-même , ayant un français moyen il se peut fortement que de nombreuses coquilles se soient glissées tout au long de ce texte . Je m' excuse si cela entache la lecture de certains lecteurs . C' est une autoédition faite avec une capacité limitée et les moyens du bord. Mais avec beaucoup de bien-être et avec un grand cœur··· Merci